嫌われたいの
~好色王の妃を全力で回避します~

主な登場人物
ローレンツ・バルテル
ルーデンドルフ王国の騎士。立ち居振る舞いは脳筋騎士を思わせるが、言葉遣いは紳士的で、そのギャップが人気。
アルフォンス・ルーデンドルフ
ルーデンドルフ王国の王太子。光り輝くような美貌を持ち、モテすぎて逆に女性に対して不信感を抱いている。
ルイーゼ・クレーマン
宰相の娘で侯爵令嬢だが、実は乙女ゲームの世界に転生している。お菓子作りが好きで、幸せな未来のためにできることはすべてやる前向きな性格。

ギルベルト・ローゼンハイン
魔術師団で期待される若手ホープの魔術師。魔道具製作に携わっている。
カミラ・ディンドルフ
製菓クラブに所属するルイーゼの友人。面倒見の良いリーダー的な性格。
オスカー・クレーマン
ルイーゼの弟。姉の香水とケバい化粧にはうんざりしている。
モニカ・トレンメル
学園に転入してきたゆるふわ系の美少女。外見は清楚だが、中身はかなりの肉食系女子。

Contents

嫌われたいの

～好色王の妃を全力で回避します～

春野こもも

イラスト
雪子

プロローグ

王宮の一室でルーデンドルフ王国の正妃《せいひ》ルイーゼは深い溜息《ためいき》を吐《つ》く。ルイーゼは今年で38歳になる。

アルフォンス陛下は今日も来ない。婚姻を結んでからこのかた、公務以外では会ったことがない。アルフォンスは40歳とは思えないほどの色香を纏《まと》い、艶《つや》っぽいさまは今でも若い女性を惑《まど》わせる。

今日もアルフォンスは側妃《そくひ》の元へ通っている。夜も昼もだ。正妃であるルイーゼ以外の女性なら誰でもいいのだろう。側妃の数は今では10人となり、後宮の部屋も満員となった。

テーブルに肘《ひじ》をつき、掌《てのひら》で額を支えながら大きな溜息を吐く。

「はぁ……。一体どこで間違ってしまったのかしら」

幼い頃からずっと、アルフォンスのことが好きだった。10歳のときに、2つ年上のアルフォンスが護衛《ごえい》を伴って我が家を訪れた。宰相《さいしょう》である父のテオパルトが彼を招待したのだ。少女のように白い頬《ほお》をほんのり赤く染めたアルフォンスの容貌《ようぼう》は、とても12歳とは思えないほどに色っぽかった。肩まで伸びた銀色の癖《くせ》のある髪は陽の光を受けてきらきらと輝き、長い睫毛《まつげ》の下のアメジストの瞳は恥じらうように潤《うる》んで、まるで本物の宝石のように美しかった。そんなアルフォンスを初めて見たとき、雷に打たれたような衝撃が走った。

「初めまして。アルフォンスといいます。仲よくしてください」

アルフォンスはもじもじしながら恥ずかしそうに挨拶《あいさつ》をした。その姿はあまりにも愛らしく、天使が舞い降りたのかと錯覚《さっかく》してしまいそうなほどだった。恋に落ちたのは一瞬だった。その瞬間からずっと目が離せなかった。最初の挨拶のあと、弟のオスカーはすぐに仲よくなったようだったけれど、ルイーゼは恥ずかしさのあまり、すぐには話しかけることができなかった。

ルイーゼが16歳のとき、努力の甲斐《かい》あってアルフォンスの婚約者となることができた。だがアルフォンスはルイーゼに対して婚約前から冷たかった。それでも婚姻を結べば、いつか自分を愛してくれるのではないかと希望を抱いた。けれど婚約の日から2年の間、アルフォンスは義務の用事の他は、一度もルイーゼの元を訪れることはなかった。たまに屋敷を訪れてもオスカーに会うだけだった。

そして18歳になり婚姻の日を迎えた。ようやく愛するアルフォンスの妃《きさき》になることができると、胸が高鳴った。きっとこれからは優しくしてもらえると、なんの根拠もなく思った。けれど婚姻の日の夜、アルフォンスがルイーゼの元を訪れることはとうとうなく、ベッドで1人ぼっちの初夜を迎えることとなった。翌日、なぜ初夜に来てくれなかったのかと責めた。

「君のことは、どう努力しても愛せない。私からの愛を期待しないでほしい」

アルフォンスはルイーゼに面と向かって、冷たく言い放った。婚姻の日から、お飾りの王妃を演じる日々が始まった。一方アルフォンスは、婚姻後も多くの貴族令嬢と浮名《うきな》を流した。けれど決してルイーゼの元を訪れることはなかった。

王宮の外で婚外子《こんがいし》を作らせるわけにはいかないと、ルイーゼの父でもある当時の宰相テオパルトがすぐに側妃を手配した。初めて迎えた側妃は、かつて学園でアルフォンスが心を傾けた令嬢モニカに雰囲気のよく似た女性だった。愛らしくて潤んだ大きな瞳が庇護欲《ひごよく》をそそる。アルフォンスは愛らしい側妃の元へ、しばらくの間は足繁《あししげ》く通っていた。

けれど側妃の元へ通うのも長くは続かなかった。アルフォンスは1人では飽き足らず、他の女性とも噂《うわさ》になるのだ。テオパルトは1人、また1人と、次々に側妃を増やしていった。

婚姻の日から、もうかれこれ20年が経つ。今では後宮に側妃が10人もいる。もしかしたらまだこれから増えるかもしれない。最初の側妃にはすぐに王子が生まれた。今では5人の王子と3人の王女がいる。跡継ぎに恵まれ、後継者問題は全くないと言っていい。

そして多くの側妃を側《そば》に置いたアルフォンスは、国民に「好色王《こうしょくおう》」とまで言われるようになった。けれど同時に賢王《けんおう》としても名高く、アルフォンスの治世《ちせい》となってからは国が豊かになった。だから悪く言う者は誰もいなかったのだ。

誰とでも寝ると言われたアルフォンスだったが、婚姻から一度たりともルイーゼとだけは夫婦の営みに及ぶことがなかった。ずっと子供のできないルイーゼを、皆が哀《あわ》れむように見る。中には「子を産めない王妃」と蔑《さげす》む者までいた。アルフォンスと違って、ルイーゼの味方は周囲に1人もいなかった。

――アルフォンスは決してルイーゼを愛さない。

その事実を噛みしめるたびに、おのれの女性としての尊厳が傷ついていくのを感じる。そして死んでしまいたいほどの惨《みじ》めな気持ちを、毎日のように味わう。

(一体、私が何をしたというの。なぜそこまで嫌われなければならないの)

いくら考えても、疎《うと》まれる原因が分からない。そうして毎夜のごとく、側妃の元へ通う夫が今日こそは来てくれるのではないかと夫婦の寝所《しんじょ》で待つ。本当はもう心のどこかで、アルフォンスが来ることはないと諦《あきら》めていた。

1章　前世の記憶

◇縦ロール完了

「はっ！　夢……」

朝早く自室のベッドで目を覚ますと、大量の汗で寝衣《しんい》が肌に貼《は》りついていた。寝ている間に汗を掻《か》いたのだろうか。なんだかとても嫌《いや》な夢を見た気がする。けれど頭の中に靄《もや》のようなものがかかって、内容をよく思い出せない。

「一体どんな夢だったのかしら……」

もやっとした不安を拭《ぬぐ》いきれないまま、ゆっくりとベッドから上半身を起こす。足を床へ下ろし、汗を流すために浴室へと向かった。

私は、ルイーゼ・クレーマン。クレーマン侯爵《こうしゃく》家の長女で、先日16歳の誕生日を迎えたばかりだ。父のテオパルトは、このルーデンドルフ王国において宰相の要職にある。お母さまは私がまだ幼い頃に他界してしまった。

起床して3時間後。入浴を済ませ学園へ行く準備を整えたあと、自室の鏡に映った自分の姿を完璧だと思った。蜂蜜《はちみつ》色の金髪を丁寧《ていねい》に巻いて、ボリュームたっぷりに広がる縦ロールを赤いベルベットの大きなリボンで纏めている。リボンは誕生日のときにお父さまからプレゼントされたものだ。

小さいながらもぷっくりとした桜色の唇に、アルフォンス王太子殿下の好きな薔薇《ばら》と同じ真紅《しんく》の口紅を塗《ぬ》る。あとはフリルたっぷりのドレスを着たいところだけれど、学園では制服の着用が義務づけられているため、諦めるしかない。仕上げに薔薇の香りの香水をたっぷりとつけて……。

（はぁ……アルフォンスさま、ちゅき）

アルフォンスさまのことを思い出すと、頬が熱くなってくる。火照《ほて》る頬を両の掌で冷やしながら、行き場のない萌《も》えの気持ちを持て余して、悶《もだ》えるように身を捩《よじ》った。

毎朝決まって、学園へ行く3時間前に起床する。そのあと入浴を済ませて、侍女《じじょ》に2人がかりで髪を巻いてもらう。この見事な縦ロールは、侍女のエマとアンナの合作だ。私は不器用なので、自分で髪を巻くことができないのだ。

髪を巻いたあとは、ばっちり化粧をして可能な限り華やかに装《よそお》う。全ては王太子であるアルフォンスさまの目に留まるためにだ。麗《うるわ》しい笑顔を思い出してぼぉっとしていると、側にいるエマが肩を竦《すく》めて嘆息《たんそく》する。

エマは幼い頃から仕えてくれている侍女で、今年で30歳になる。乱れなくきっちりと結《ゆ》い上げられた焦げ茶色の髪が、彼女の几帳面《きちょうめん》で真面目な性格を表している。クレーマン家の濃紺《のうこん》のお仕着せにきっちりと身を包み、ピンと背筋を伸ばして両手を胸の下で組んでいる。エマは初めて会った頃から私の唯一の相談相手だ。

「ルイーゼさま。殿下はこういったケバ……華やかな装いはあまりお好みではないかと存じます。それに香水も、もう少し控えられたほうがよろしいのでは？」

「ええっ!?　だって他の婚約者候補の令嬢は、皆とっても華やかなのよ？　彼女たちよりも豪華にしないと、アルフォンスさまの目に留まらないかもしれないじゃない？」

エマの言葉に驚き、思わず身を乗り出して言い返してしまった。エマはときどき私の装いについて苦言を呈《てい》してくるけれど、この華やかな格好《かっこう》のどこが悪いのか、私には全く分からない。

私は、王太子であるアルフォンスさまの婚約者候補の1人だ。他にも婚約者候補は複数名存在する。このままいくと、私が婚約者に選ばれるだろうと言われている。けれどそんな出来レースではなく、ちゃんと振り向いてもらいたい。だからアルフォンスさまに好まれるための努力なら、ほんの少しも惜しみたくないのだ。

「本当にルイーゼさまは、ざんね……もったいないですわ。肌も白くてきめ細やかですし、淡いお化粧のほうが、きっとお似合いになりますよ。元がいいのですから、すっきりとした装いをされればとてもお可愛らしくていらっしゃるのに……」

「え？　私は、この装いがとっても似合っていると思うのだけれど？」

「……左様《さよう》でございますか」

エマが大きな溜息を吐いて、諦めたような表情で答えた。なぜそんな顔をするのか不思議で仕方がない。いつも通りの会話を交わしたあと、エマが時間を報《しら》せてくれる。

「お嬢さま、そろそろ学園へ行くお時間です」

「そうね。今日こそは、アルフォンスさまのお心を射止《いと》めてくるわ！」

「今日こそは必ず」という固い決意を胸に秘めてぐっと拳《こぶし》を握り、私室を出た。

廊下の少し先の階段を下り、屋敷のエントランスへと向かう。ふと立ち止まって上のほうを仰《あお》ぎ見ると、吹き抜けの2階の窓から朝の光が眩《まぶ》しいほどに降り注いでいる。どうやら今日はとても天気がいいようだ。光のシャワーを浴びていい気分に浸《ひた》っていると、不意に背後から声をかけられる。

「姉上、おはようございます」

「……オスカー、おはよう」

耳の下ほどの長さの真っ直ぐな髪をさらりと揺らしながら、オスカーが階段から下りてきた。蜂蜜色の金髪が、朝の光を反射してきらきらと輝いている。そして私と同じ学園の制服を着用している。

オスカーは1つ違いの弟で、私と同じ蜂蜜色の金髪とエメラルドグリーンの瞳を持つ。幼い頃の私たちは、見分けがつかないほどそっくりだったらしい。けれど成長した今は、私よりも10センチほど背が高い。以前同級生に聞いたところによると、弟は学園で女子生徒にとても人気があるのだという。実は私は、そんなオスカーのことが苦手だ。だって……。

「フッ。今日もとてもゴージャスで絶好調ですね」

オスカーが私を見て吹き出した。そして呆《あき》れたような表情を浮かべて、言葉を続ける。

「ですが姉上、その香水、なんとかなりませんか？　朝の爽《さわ》やかな気分が台無しになります」

抗議《こうぎ》されても譲《ゆず》るわけにはいかない。香水は私の重要なツールの1つなのだ。

「えっ、だって、アルフォンスさまの周囲には華やかなご令嬢がたくさんいるのよ？　目立たないと婚約者になることができないじゃない」

「……そうですか。精々《せいぜい》頑張ってください」

オスカーは溜息を吐いたあと、すぐに関心をなくしたように歩き始めた。そして屋敷の正面に着けている馬車に乗るために、扉から出ていった。こんなふうに、オスカーはいつも私を見下したように馬鹿にするのだ。顔立ちは綺麗《きれい》なのに、性格はとても意地悪だと思う。

実はオスカーは、現在、お父さまの下について宰相の実務補佐をしている。お父さまが引退したあとは、恐らく宰相となるのだろう。幼い頃から利発だったのもあって、城勤めのお父さまに連れられて、毎日のように城へ勉強しに通っていた。城で一緒に過ごすことが多かったせいか、昔からオスカーはアルフォンスさまととても仲がいい。私は、そんなオスカーがずっと羨《うらや》ましかった。

◇蘇《よみがえ》る

学園へ向かうため、オスカーと一緒に馬車に乗り込んだ。

オスカーと馬車に乗ると、いつも憂鬱《ゆううつ》な気持ちになる。向かい合わせに座ると、なんとなく蔑んだような冷たい日で見られている気がして、自分が酷《ひど》く劣った人間のように思えてくるのだ。

多分オスカーにしてみれば、蔑んでいるつもりはないのだと思う。優秀な弟に対する劣等感が、幼い頃から長年にわたって私に染みついているのかもしれない。だから学園に到着するまでは、オスカーの目を見ないようにいつも俯《うつむ》いている。けれどそれはそれとして、アルフォンスさまのことを聞いても何も教えてくれないのは、間違いなく意地悪だと思う。

王都の郊外にある学園に到着して、馬車を降りた。屋敷が近いので毎日自宅から通っているけれど、寮に住む学生もいる。

（寮に住んだら、エマとアンナがいないから縦ロールを作ってもらえなくなっちゃうわね）

教室で午前の授業を受けながら、昼休みを心待ちにした。決してお腹が空いていたわけではない。そうしてようやく待ちに待った昼休みになった。

（今日こそは絶対、昼食をご一緒させてもらうんだから！）

うきうきとアルフォンスさまの教室へ向かった。けれど到着してみると、もうすでに他の婚約者候補の令嬢たちがアルフォンスさまを取り囲んでいる。どうやら一足遅かったようだ。

令嬢たちの中心にいるのは、私の大好きな王太子アルフォンスさまだ。肩まで伸びた癖のある銀の髪を物憂《ものう》げに掻き上げて、美しいアメジストの瞳を困ったように細める。その端正《たんせい》な顔立ちと均整のとれた体つきは、どの角度から見ても完璧な造形で、まるで美術品のように美しい。令嬢たちはそんなアルフォンスさまを見てうっとりと頬を染めている。

「えーと、今日はなんの用事かな？」

薄く笑いながら、アルフォンスさまが令嬢たちに問いかけた。いつ聞いても震《ふる》えるほど艶っぽい声だ。今にも耳が蕩《とろ》けてしまいそうなほどに。いや、蕩ける。

（先手必勝ね！）

令嬢たちの間になんとか入り込んで、アルフォンスさまに声をかける。

「アルフォンスさま、今日こそはぜひランチをご一緒させてくださいませ！」

アルフォンスさまは私を見て眉を顰《ひそ》めた。その表情の意味は分からなかったけれど、とりあえず美しいアメジストの瞳に映ることができたので満足だ。すると先を越されたと思った他の令嬢たちが、次々に口を開く。

「いいえ、今日は私がご一緒させていただきますわ！」

「いいえ、私が！」

「ちょっと、押さないでくださる？」

――ドンッ
「あっ！」

勢い余った令嬢たちに押されて、バランスを崩してしまった。ほんの一瞬のことだった。咄《とっ》嗟《さ》のことで反応できずに、棒立ちのまま体が傾く。もう目の前には床があった。手をつくのは間に合いそうにない。

――ゴツン
無防備な体勢で転倒してしまい、大きな鈍い音とともに、頭部に激しい痛みが走った。

「痛っ……！」

頭を打った瞬間、目の前が真っ白に染まった。

最初は痛みのせいと思った。

けれど……。

（あれ、私は……ルイーゼよね？　え、何これ……!?）

頭の中に、今まで見たことのない風景や人の顔、様々な記憶が一気に流れ込んでくる。

そしてついに、全てを思い出した。

どうやら私は所謂《いわゆる》前世――ルイーゼとして生まれる以前の人生において、日本という国でOLというものをしていたらしい。最期は不幸にも30歳で、交通事故により日本人としての生を終えたようだ。そして日本での前世を終えたあとに、この世界でクレーマン侯爵家の令嬢ルイーゼとして命を授《さず》かったのだ。なぜか今までは前世のことを思い出せなかった。いや、前世の記憶など、思い出さないほうが当たり前だろう。

一気に大量の記憶が蘇ったせいか、それとも頭を打った衝撃のせいか分からないけれど、急に酷い目眩《めまい》と激しい嘔吐《おうと》感に襲われた。急に転倒した私を見て、アルフォンス殿下が驚いたように目を丸くしている。今までの優しげに微笑んでいた表情から笑みを消して、足早に駆《か》け寄ってきて上半身を抱き起こしてくれた。そして焦燥《しょうそう》感を滲《にじ》ませた表情で尋《たず》ねてくる。

「大丈夫か!?」

「はい、ありがとうございます、殿下。私は大丈夫ですわ……」

私の言葉を聞いた瞬間、アルフォンス殿下が目を丸くしたのに気付いた。けれど今はそれどころではない。このままだと、王太子殿下の目の前で嘔吐してしまうかもしれない。絶対にそんな醜態《しゅうたい》を晒《さら》すわけにはいかない。

気分が悪そうなのを見かねたためか、アルフォンス殿下が私を抱えようと腕に添えた手に力を込めた。そして気遣《きづか》わしげに申し出てくれる。

「保健室へ連れていこう」

「どうぞお構いなく……。1人で歩けますので」

ありがたい申し出を丁重に断って、アルフォンス殿下から体を離す。せっかくのチャンスをもったいないとは思うけれど、途中で嘔吐するところを見られでもしたら、乙女としていろいろと終わってしまう。そんな私を見て、アルフォンス殿下が僅《わず》かに眉を上げたのが分かったけれど、今は倒れないように保健室まで歩くだけで精一杯《せいいっぱい》だった。

◇聞いちゃいました

1人で学舎《がくしゃ》の廊下を歩いて、ふらつきながらもなんとか保健室へと辿《たど》り着くことができた。

アルフォンス殿下の教室から近くて本当によかった。見た感じ、保健室には誰もいないようだ。

困ったことに養護教諭もいない。

仕方がないのでふらふらとベッド脇のカーテンをくぐり抜けて、自力で奥へと辿り着いた。空いたベッドに倒れ込むように横になって、ようやく落ち着くことができた。そのまましばらくの間、ゆっくりと呼吸を整えていると、次第に目眩も収まってきた。

（よし、記憶を整理してみよう）

落ち着いたところで、先ほど脳裏《のうり》に蘇った大量の記憶について思索《しさく》してみる。ここは、乙女ゲーム『恋のスイーツパラダイス』の舞台であるルーデンドルフ王国だ。前世の自分は、このゲームを3周はクリアした。

お洒落《しゃれ》に全然興味がなかったからか、言い寄ってくる男性は全くと言っていいほどいなかった。お陰で30歳になっても、結婚相手どころか彼氏すらいなかった。だからお金の使い道といえば、趣味のお菓子作りに関することとスマホゲームのアイテム課金くらいしかなかった。

（今さらだけど枯れてたな、私……）

保健室の天井を見つめながら、前世の記憶を手繰《たぐ》り寄せては自嘲《じちょう》した。王太子のアルフォンスは『恋のスイーツパラダイス』のヒロインが攻略対象にするキャラクターの1人で、メインヒーローだ。ちなみに弟のオスカーも攻略対象だ。他に魔術師、騎士《きし》といったキャラクターがいて、攻略対象者は私の知る限り全部で4人だ。

今いるこの世界には魔法が存在して、才能を認められたごく一部の者のみが使える。学園の授業で魔法の概念《がいねん》を教わったのち、才能のある者は魔法省へ申請して登録しなければならない。魔術師ともなれば、1人残らず魔法省によって管理されることになる。攻略対象の1人である魔術師も例に漏《も》れずだ。

肝心《かんじん》なのは、このままいくと私がアルフォンスの婚約者になるということだ。そして少しあとに、ゲームの主人公であるモニカという令嬢が学園へ転入してくる。転入してからのモニカの行動により、私の未来は2通りに分岐することになる。

まず1つ目は、主人公であるモニカがアルフォンス攻略ルート、もしくは逆ハーレムルートに入って目的を成就《じょうじゅ》させた場合だ。この場合、ルイーゼはアルフォンスの婚約者であり、ゲームでの悪役令嬢として、ヒロインの前に立ちはだかる。そしてヒロインをいじめた罪で断罪されることになるのだ。結末は幸いにも、死亡エンドではなく国外追放エンドだ。

2つ目は、ヒロインがアルフォンス以外を攻略対象者にするルートに入った場合だ。この場合、ヒロインが別の人物を攻略するため、ルイーゼは晴れてアルフォンスの正妃となる。ただし、アルフォンスは将来側妃を10人も抱える好色王として後世にその名を轟《とどろ》かす。

例え前世の記憶が蘇ったとしても、私はルイーゼだ。アルフォンス殿下を好きな気持ちに変わりはない。けれど日本での記憶が蘇った今、前世の常識で考えて、側妃が10人もいる夫を持つのは絶対に嫌だ。全力で回避したい。だからといって、悪役令嬢となって国外追放されるのもごめんだ。

(さて、これからどうしようか……)

これからどうすべきかを考えるうちに、うとうとと微睡《まどろ》み、そのまま保健室で昼下がりまで眠り込んでしまった。


目が覚めたときには、すでに午後の授業が終わった時刻になっていた。もうそろそろ下校しなくては。十分に休んだお陰で、酷かった頭痛が嘘《うそ》のようになくなっていた。

保健室を出て、帰り支度《じたく》をするために教室へと向かう。しばらく廊下を歩いて、途中にあるアルフォンス殿下の教室の手前に差しかかった。すると教室から男性の話し声が聞こえてきたので、反射的に足を止めてしまう。

「本当に……なぜあんなにケバケバしいんだろうな、貴族令嬢というものは」

「確かに酷いですね。僕も姉の香水で、毎朝頭が痛くなります」

それは、あまりにも聞き覚えのある声だった。

(アルフォンス殿下とオスカー……?)

ここから離れなければと思いつつも、つい耳を傾けてしまう。

「ああ、ルイーゼ嬢が一番酷い。香水の匂いがきつくて、鼻が曲がりそうになるんだよね」

「フフ。殿下、お気持ちは分かりますが、一応僕の姉なのでお手柔《てやわ》らかに」

2人の会話を聞いて、頭を殴られたような衝撃を受けた。あのいつも優しそうなアルフォンス殿下に、そんなふうに思われていたなんて。オスカーにも迷惑だと思われていたのか。そういえば、香水についてオスカーに抗議されていたのを思い出した。完全に忘れていた。

会話の内容がショックで、思わず手が震えてしまう。気が付くと、制服のスカートをギュッと握りしめていた。けれど改めて、今朝がた自室の鏡に映っていた自分の姿を思い返してみる。

(ボリューミーな縦ロールに、派手で大きな赤いリボン。それに真っ赤な口紅。そして鼻が慣れている自分でも分かるほどに、大量につけた香水……。うん、確かにないわよね……)

思い返してみれば、確かに自分でも呆れてしまうほどのケバさだ。今までは、そうすることでアルフォンス殿下が振り向いてくれると思い込んでいた。そのケバい装いが自分に似合うと思っていたのだ。

けれど記憶が蘇った今なら分かる。このケバい格好は、前世でそれほどお洒落に興味のなかった私ですら驚くほどに壊滅《かいめつ》的なセンスだ。エマがいつも忠告してくれたことも、なるほど理解できる。こうして冷静に自分の姿を顧《かえり》みると、とても恥ずかしい。

「好意を向けてくれているのは分かるんだ。だけど貴族令嬢たちの誰も好きになれそうにないんだよね」

「はは。容赦《ようしゃ》ないですね、殿下は。まあ貴族令嬢なんて皆同じですよね」

「そうなんだよね。だからどの女性をあてがわれようが、俺にはどうでもいいんだ。誰でもいいからさっさと婚約者を決めてほしいよ。いい加減、昼食のたびに囲まれるのはうんざりだ」

アルフォンス殿下は、どうやら私たちに囲まれて迷惑していたらしい。先ほどの言葉はショックだけれど、同時に申しわけないとも思う。これまで、さぞ香水臭《くさ》かっただろう。

「誰でもいい、ですか。……でも、もしちゃんとした恋愛をしたら、殿下も変わるかもしれないですね」

「さあ、どうだろうね。誰も好きになったことがないから分からないな。今は本当に、婚約者なんてどうでもいいんだ」

アルフォンス殿下とオスカーの会話は、私にとっては傷ついてしまう内容だった。にも関わらず、アルフォンス殿下に対する気持ちは微塵《みじん》も変わらない。どうやらこの恋心は、軽く引いてしまうほど頑《かたく》ななようだ。

けれどいくら好きでも、好色王の妃や国外追放は嫌すぎる。それに私が妃になることで、アルフォンス殿下が他の女性に走るのかもしれない。好色王の未来は、アルフォンス殿下にとっても私にとっても不幸でしかないのではないだろうか。

唯一、どちらにも進まないで済む方法がある。それは、私が婚約者に選ばれないようにすることだ。けれどシナリオ通りで現在の好感度のままでは、婚約者に選ばれてしまうのは確実だ。

ではどうすればいいのか。

（アルフォンス殿下は、この先現れるヒロインに心を奪われるはず。ということは……）

ゲームのヒロインであるモニカのスチルを思い出してみる。肩までのふわっとしたストロベリーブロンドの髪がハーフアップにされ、くりっとした瞳が大きくてまるで小動物のようだった。小柄で可愛らしくて、所謂庇護欲をそそる清純派タイプといった感じだ。確かお菓子を作るのが好きな、家庭的な少女だったか。シナリオ通りだと考えると、アルフォンス殿下の好みのタイプはゆるふわ可愛い系の、家庭的な守ってあげたいような女子ということになる。好感度を下げるためには、その真逆——今以上にもっとケバくなればいいのではないだろうか。

そうと決まれば、早速実行しよう。香水の苦手なアルフォンス殿下には本当に申しわけないけれど、これからは肉食女子然としてグイグイ迫らせてもらう。今以上に嫌われれば、流石《さすが》に婚約者には選ばれないだろう。

（うん、なかなかいい考えかもしれない！　殿下のことは好きだけど、殿下と私の幸せな未来のためには嫌われるしかない！）

これまではアルフォンス殿下に振り向いてもらうために努力してきた。だけどこれからは、嫌われるために努力するのだ。

（明日から、もっと気合の入った化粧をしよう）

そう固く心に決めて、音を立てないようにこっそりとその場から離れた。

◇作戦開始

翌朝、いつものように学園へ行く3時間前に起きた。入浴を済ませたあと、自室の鏡の前でエマとアンナに念入りに縦ロールを巻いてもらう。

けれどいつもと違うのは……。

「お嬢さま……」

鏡越しに、エマが困惑《こんわく》したような顔で私を見ている。いつもの派手なメイクに拍車《はくしゃ》がかかっているからだろう。うん、言いたいことは分かる。今日はいつものメイクに加えて、濃い目にアイラインを引いた。我ながら、かなりきつく仕上がっていると思う。アイラインを引くときには、手が思わずプルプルと震えてしまった。

さらに今日は、頬紅も濃い目に差している。あまりにやり過ぎて、わざとらしさが出ないよう加減するのが難しい。前世では化粧に時間をかけなかったため、私の化粧技術はとても低い。

その不器用さが災《わざわ》いしたのか、アイラインも頬紅も無駄《むだ》に時間がかかってしまうのだ。

「よし、とりあえず、不自然にならない程度には化粧を濃くできたかしらね」

そう呟《つぶや》くと、鏡越しに私の姿を見たエマが何か言いたそうに、困ったように眉根を寄せた。

そしていつものようにピンと背筋を伸ばし、両手を胸の下で組んでいる。今ならエマが何を言いたいのか想像がつく。だからこそ、なんだか騙《だま》しているようで申しわけない気持ちになってくる。わざとケバい装いをしようと考えているとは夢にも思っていないだろう。今日も言葉を詰まらせながら、恐る恐る忠告してくれる。

「お嬢さま、その……アイラインと頬紅はおやめになったほうがよろしいかと存じます」

いつも相談に乗ってくれるエマに、前世の記憶が蘇ったことを打ち明けようかと一瞬悩む。けれどもう学園へ向かう時刻だ。長話をする時間はない。短い時間で済むような話ではないだろうから、打ち明けるのは日を改めるべきだと考えて、とりあえず今は精一杯の謝罪の気持ちを込めて答える。

「ううん、これでいいのよ。ごめんね、エマ」

「……？」

エマはほんの少し首を傾げた。そして訝《いぶか》しげな目を向けてくる。

（ええ、そうよね。エマの気持ちは分かるわ。必ず今度話すから）

もし嫌われる作戦が失敗して、婚約者に選ばれてしまったら――。

仮にアルフォンス殿下と婚姻して王妃になってしまっても、ちゃんと愛されれば幸せになれるのかもしれない。けれど、前世のときから女子力が壊滅的に低いと自覚しているがゆえに、愛される自信が全くない。そして婚約のあとヒロインと対峙して、モニカでなく女子力の低い自分を選んでもらえる自信がない。なんせ前世は干物女《ひもの》だったし。とにかく女としての自信が全くないのだ。

（結局、婚約者にならないっていう方法しか思いつかないのよね。殿下に愛される自信がない代わりに、今より嫌われることなら私にもできそうだし）

そんなことを考えながら、仕上げに薔薇の香水をたっぷりとつけて自室を出た。エントランスへ降りていつものようにオスカーと顔を合わせる。今朝のオスカーは、いつものようにきらきらしい笑顔――ではなかった。

「……」

私を見るなり、エメラルドグリーンのきりっとした目をいつになく丸くして、まるで石化《せきか》したかのように固まってしまった。

（ええ、分かってるの。分かってるから、そんな珍獣《ちんじゅう》を見るような目で私を見ないでぇ）

心の中で羞恥《しゅうち》に悶えつつ、鞄《かばん》を胸に抱え、懸命《けんめい》に笑顔を作って挨拶をする。

「お、おはよう、オスカー」

「……おはようございます、姉上」

声をかけられてはっと我に返ったオスカーが、なんとかいつもの落ち着きを取り戻して挨拶をした。そして私の姿を不審《ふしん》に思ったのか、探りを入れてくる。

「姉上、何か心境の変化ですか？」

「え？」

「いや、いつもよりさらに張り切ってらっしゃるなと思いまして」

「な、なんのことかしら？」

「いえ、姉上がいいなら別にいいのですが……」

言いたいことは分かるのだけれど、あくまで白《しら》を切り通す。私の装いにどんな感想を持ったのかも大体想像がつく。本当は凄く恥ずかしい。

けれど恥ずかしく思いつつも、いつもすましているオスカーを動揺《どうよう》させたことについては若干《じゃっかん》胸がすく。とはいえ、私自身はオスカーよりもさらに動揺しているのだけれど。

そして今日から始める予定の自虐《じぎゃく》的な計画に、ふと空しさを感じた。けれど、これもアルフォンス殿下と私の幸せな未来のためだ、と自分に言い聞かせる。

（殿下に他の婚約者ができるか、ヒロインとくっつくまでの辛抱《しんぼう》よ。頑張るのよ、ルイーゼ！）

そもそも前世のときから、お洒落に全く興味がない。毎朝縦ロールのために3時間も早く起きるくらいなら、朝寝して手抜きメイクで学園へ行きたいくらいだ。それに香水も本当は苦手で、お菓子の甘いバニラの香りのほうが好きだ。

（もう少しよ。もう少し）

そんなふうに自分を奮《ふる》い立たせながら、馬車に乗り込んだ。向かい合わせに座ったオスカーに、エマと同じように訝しげな目を向けられているけれど気にしたら負けだ。いたたまれない空気の中、いつものように学園へと向かった。

学園に到着して馬車を降りたあと、学生たちから珍獣を見るような目で遠巻きに眺《なが》められているのに気付いた。周囲から向けられる好奇の視線が痛い。

（メイクを濃くしたから？　いや、でも、もしかすると……）

これまでは、このケバい装いを気にしたことは全くなかった。なぜなら自分に似合うと思っていたのだから。けれど考えてみれば、ずっと以前から周囲に好奇の目で見られていたのかもしれない。そんなことにも気付かなかったなんて……。

（私って、本当に殿下しか見えてなかったんだわ。恥ずかしい……）

どうやらアルフォンス殿下のことばかり考えていて、周りが見えていなかったようだ。一度自覚してしまうと、なかなかに恥ずかしいものがある。と同時に、他人の視線がかなり気になり始めた。なぜ、今まではこんな珍獣を見るような視線に晒されて平気だったのかと、不思議に思う。前世の人生では、ずぼらな格好を白い目で見られても全然気にならなかった。けれどこの格好《コスプレ》は恥ずかしすぎる。

「まあ！　いつものことだけど、恥ずかしいとは思わないのかしら」

「なんだか今日はいつもより奇抜ね」

「やだ、私にはとても真似できないわ」

クスクス笑いながら話す、女子生徒たちの声が聞こえてきた。今まではそんな陰口《かげぐち》にも気付かなかった。

嘲笑《あざわら》われるのももう少しの辛抱だと自分に言い聞かせて、ようやく午前中の授業を終えた。

そしていよいよ昼休みが来た。昼食のお誘いをしに行かなければいけない。昨日までは楽しくてうきうきする時間だったのに、今日は果てしなく憂鬱だ。なんとか自分を奮い立たせて、重い足取りでアルフォンス殿下の教室へと向かう。これからは肉食女子よろしく、さらに積極的に攻めていかないといけないのだから。

教室に到着すると、今日も婚約者候補の令嬢たちがアルフォンス殿下を取り囲んでいた。心の鉢巻《はちま》きを締め直して令嬢たちに混ざり、アルフォンス殿下に甘えた声で話しかける。香水の匂いが届くようになるべく近づいて品《しな》を作る。

「アルフォンスさまぁ、今日こそ昼食をご一緒してくださらない？」

私を見たアルフォンス殿下が、あからさまに嫌そうな顔をして後ずさった。予想していた反応だけれど、実際に目にするとやはりショックだ。こんなにも嫌がられていることに、なぜ今まで気付かなかったのだろう。

「ええと……ああ、そうだ。君、もう頭は大丈夫なのか？」

若干引きつった微笑みを浮かべたアルフォンス殿下に、昨日のことを尋ねられた。転倒して頭を打ったことを心配されているんだろう。分かっているんだけど、なぜだろう。なんだか別のことを心配されているように聞こえてしまう。気を取り直して媚《こ》びた笑顔を作って答えた。

「ええ、大丈夫ですわ。ご心配くださって、ありがとうございます。アルフォンスさまったら、私のことをそんなに想《おも》ってくださってたなんて」

頬に両手を当てて左右に身を捩った。前世の私なら絶対にやらない仕草《しぐさ》だ。私の言葉に、アルフォンス殿下の麗しい顔が思い切り引きつっている。

計画通り――なんだけど悲しい。心の中で滂沱《ぼうだ》の涙を流す。

昨夜はベッドの中で、嫌われ作戦遂行《すいこう》のためのイメージシミュレーションをした。にも関わらず、実際にアルフォンス殿下の顔を見ながら作戦を実行するのは、かなりクるものがある。

大好きな人に嫌われるのは、やはりつらいものだ。決意が揺らぎそうになるのを懸命に堪《こら》えながら媚びた笑顔をキープしていると、アルフォンス殿下が困ったように苦笑しながら言った。

「……ああ、ごめん。今日はサンドラ嬢と約束してたからね。行こうか、サンドラ嬢」

「まあ、嬉《うれ》しい！」

サンドラと呼ばれた令嬢が、パァッと顔を輝かせてアルフォンス殿下の腕に手を添えた。好きな人が別の女性と接触するのを見るのは、やはりきついものがある。けれど幸せな未来のためだ。これは仕方がないことなのだ。

「そうですか。それは残念ですわ。ごゆっくりどうぞ」

しまった。もう少し追い縋《すが》るべきだったかしら。――そう気付いてすぐに自分の返答を反省したけれど、特になんの問題もなかったようだ。フォローするまでもなく、アルフォンス殿下とサンドラさんはそのまま仲睦《なかむつ》まじく食堂へと向かっていった。

そんな姿を見送るのはつらかったけれど、ほんの少しだけ安堵《あんど》した。今日の任務からようやく解放されたと思ったからだ。それにしても、今からこれじゃ先が思いやられる。大きな溜息を吐いて独りごちる。

「はぁ……つらいわね」

ぼんやりしていると、他の令嬢たちから声をかけられた。

「ルイーゼさま、また今日は一段と……フッ、華やかでいらっしゃいますわね」

「ええ、本当に。流石ルイーゼさまですわぁ。私はそんなふうに思い切った装いをする勇気が出なくって。フフッ」

令嬢たちのニヤニヤと嘲《あざけ》るような笑顔から、私を蔑む感情が伝わってくる。言いたいことは分かっている。自分で仕向けた結果とはいえ、悔しいものは悔しい。

「まあ！　殿下の気を引きたかったら、皆さまも私くらい頑張るとよろしいのではなくて？」

そんな苦し紛《まぎ》れの負け惜しみを言い残して、唇を噛みしめながら早々にその場を離れた。


午後の授業を終えたあと、帰り支度をして教室を出た。廊下を歩いて、隣の教室の男子生徒とすれ違う。２人は私を見て一瞬目を瞠《みは》った。そして、すれ違ったあとだからもう聞こえないとでも思ったのだろう。小さな声で話すのが背後から聞こえてきた。

「香水くっさ。ケバい女」

「俺、あれは無理だわぁ」

そんな心ない言葉に胸が痛くなる。いや、傷つく資格などない。全て自分の計画が招いた結果なのだから。

十分に覚悟したつもりだった。けれど今日、嫌われ計画を実行してみて、私がやろうとしていることは、アルフォンス殿下に嫌われるだけでは済まないことに気付いた。

きっと今までも周囲に嘲笑されていたのだろう。このケバい装いのままでは、これからお先真っ暗な学園生活を送らなければいけなくなる。どうにかしたい。もう手遅れかもしれないけれど。

コスプレも、アルフォンス殿下が別の誰かを婚約者に決めるまでの辛抱だ。もしくはヒロインのモニカと婚約してくれれば、それが一番いい。婚約者にさえならなければ、好色王の妃や国外追放の未来から逃れられるのだから。

婚約を回避したら、ケバい装い《コスプレ》をしなくてもよくなる。そうすればアルフォンス殿下が結婚したあと、あわよくば友人《オスカー》の姉程度の距離感で仲よくしてもらえるかもしれない。ずっと愛されない王妃よりは、ほどほどに仲のいい友人のほうがいい。

「頑張れ、私」

嫌われ初日は、精神的にハードな1日だった。明日は学園が休みだ。心と体をゆっくり休めて来週のために英気を養おう。そう自分を慰めつつ、明日はがっつり引き籠《こも》ってやろうと心に決めて、帰宅の途についた。

2章　殿下の好きなもの

◇休顔日《きゅうがんび》

「はっ！　夢……」

目を覚ますと、体中が汗びっしょりだった。

今日は汗だけじゃない。眦《まなじり》から涙が零《こぼ》れて、こめかみに流れていたようだ。前世を思い出した今なら、昨夜見た夢の内容がはっきりと分かる。

――王妃のことを決して愛さずに10人の側妃を持つ王。そしてそんな王をずっと待ち続ける王妃。

「この夢は、殿下の妃としての未来だったんだわ。私が絶対に避けたい未来……」

今日は学園が休みだ。それなのに、いつものように学園に行く時刻の3時間前には起きてしまった。

「今日は朝寝しようと思ってたのに……。習慣って恐ろしいわね。そうだ。汗が気持ち悪いから、いつもよりゆっくりお風呂に入ろうかしら」

浴室へ足を運んで入浴タイムだ。浴槽に浸《つ》かりながら物思いに耽《ふけ》る。お湯から伝わってくる温かさが、疲れた心と体に浸《し》みわたる。昨日からずっと考えていたのだ。学園が休みの今日は、絶対に、必ず、何がなんでも「休顔日」にしようと。

毎日のずっしりと重い化粧のせいで、そのうち肌が荒れてしまうのではないかと内心怯《おび》えていた。心なしか唇が荒れている気がする。前世では服や化粧品には一切関心を持たなかったけれど、肌荒れや髪の傷みには人一倍気を付けるほうだったのだ。

髪も痛んでいる気がする。確か王都の商人から仕入れたというトリートメント剤があったはずだ。この間、エマが言っていたのを思い出した。浴室の棚の上にあるのを見つけたので、トリートメント剤を手に取り、腰までの長い髪を両手で挟みながら馴染《なじ》ませた。馴染ませたら髪を纏めて、お湯を絞ったタオルで包んでじっくり浸透させる。そしてそのまま、再び浴槽に浸かってくつろぐ。

「はあ～ぁ、気持ちいいわぁ」

お湯に浸かっていると、昨日までのストレスが体から溶け出していくようだ。最高に心地いい。今日はストレスフリーな1日にしよう。ずっと屋敷に引き籠って好きなことをするのだ。縦ロールも化粧も一切しない！

しばらく時間を置いてから、髪に馴染ませていたトリートメント剤を流した。心なしか蜂蜜色の毛先がプルンとした気がする。

「プルンよ、プルン。最高！」

半身浴を交ぜて1時間くらい浴槽に浸かってから、ようやく浴室を出た。濡れた髪を乾かして自室の鏡の前に座り、改めて自分の姿をじっと見る。鏡に映る白い肌はきめが細かくすべすべしている。思ったよりも化粧によるダメージはなかったようだ。

身長もこの1年で少し伸びた。今165センチくらいだろうか。童顔の割に出るところは出ている。ウエストが細い割に、ふっくらしたお胸。

「くっ！　流石、殿下の婚約者になるキャラクターだけあるわね」

胸を両手で支えながら大きさを確かめる。童顔なのは変わらないけれど、全体的にフラットだった前世の姿を嫌でも思い出してしまう。蜂蜜色の金髪は腰までの緩《ゆる》やかなウェーブを描いている。今トリートメントしたばかりだからか、艶々として滑《なめ》らかだ。その上、顔立ちもなかなかに整っている。悪役令嬢っぽい、きつい雰囲気ではない。少し幼く、どちらかというとあどけない顔だ。

さらにじっと顔面を見る。睫毛がとても長い。普段あれだけ化粧しているのに、瞼《まぶた》から抜けずに頑張ってくれている。その長い睫毛の下には大きなエメラルドグリーンの瞳が見開かれている。顔はオスカーと似ているけれど、オスカーのきりっとした目に比べると丸みがあってくりっとしている。そのせいなのか、姉なのに弟よりも幾分幼く見える。

唇はぷっくりして、桜色で小さい。ただいつも口紅をべっとり塗っているからか、少し荒れ気味で乾燥している。お風呂に入ったばかりなのもあるのだろうけれど、唇に何か塗ったほうがいいのではないかと心配になる。例えば蜂蜜とか……。

しばらく鏡を眺めていると、エマが部屋に入ってきた。鏡越しに私を見て尋ねてくる。

「今日は縦ロール《アレ》はよろしいんですか？」

「ええ、今日はいいわ」

前世を思い出す前の私は、学園が休みの日でも髪を巻いて化粧も施していた。幼く見られるのが嫌だったからだ。しっかりしている弟と比べられるのが嫌で、必死で背伸びをしようとしていたのだと思う。

「縦ロールもお化粧もなしで。今日は休顔日にしたいの」

「休顔日、ですか？」

エマがきょとんとして首を傾げる。確かに耳慣れない言葉だろう。私が作った造語なのだから。

「そう。いつものは髪にも顔にも負担が大きいから」

「ルイーゼさま。本当に一体どうなさったのですか？　昨日からなんだかその……」

「おかしい？」

「……はい」

苦笑しながら尋ねると、エマが言いにくそうに答えた。エマの表情からは、私を心から心配しているのが見て取れる。確かに今の私の態度は、明らかにこれまでと違う。これ以上黙っているのは無理がある。この愛すべき心配性の侍女は、いつも私を間近で見てきたのだから。

これからは、せめて家の中では自然体で過ごしたい。そのためには、家族とエマにだけは前世のことを打ち明けるべきだ。そう心に決めて、鏡の前の椅子に座ったままエマのほうへ振り返った。

「エマ、お話があるの」

「なんでしょう？」

私は、一昨日にアルフォンス殿下の取り巻きの令嬢に押されて転倒し、頭を打って前世の記憶が蘇ったこと、そのときに思い出した乙女ゲームのシナリオのこと、そして不幸な未来を避けるために、アルフォンス殿下の婚約者になりたくないことなど、全てをエマに打ち明けた。

エマはずっと黙って話を聞いていた。最初は、俄《にわ》かには信じがたいという表情を浮かべていた。それはそうだろう。こんなに奇想天外《きそうてんがい》で奇妙奇天烈《きてれつ》で摩訶不思議《まかふしぎ》な話はないと思う。けれど前世でしか知るはずのない知識を言うと、最後はなんとか納得してくれた。納得せざるを得なかったのだろう。それでもどこか信じられない、という様子ではあるけれど。

「そうですか……。おかしいと思っていたのです。いつものように『今日こそは、アルフォンスさまのお心を射止めてくるわ』とも仰《おっしゃ》らなかったですし。学園へ行くのをいつも楽しみにしていらっしゃるのに、昨日は何か憂《うれ》いを抱えておられるように見えましたから」

どうやら思い切り顔に出ていたらしい。それだけエマが、私のことをよく見てくれているのだろう。本当にありがたい存在だ。それとも自分は演技力がないのだろうか。だとすると、これからアルフォンス殿下を上手く騙し通すことができるだろうかと不安になってしまう。

「ごめんね。昨日は事情を説明する時間がなかったから」

なんだか心配させたことが申しわけなくてそう伝えると、エマはきりっと表情を引き締めて答える。

「いえ、私はルイーゼさまの無駄に……ゲフンゲフン……前向きな姿勢に大変好感を持っておりました。どんなに冷たくされてもめげない鈍《どん》……ひたむきさに感動すら覚えておりました」

なんだか所々《ところどころ》引っかかるところはあったが、エマが私に好感を持ってくれていることは伝わってきた。

「しかしながらあの装いに関しては、ずっとどうにかして差し上げたかったのです。せっかくお可愛らしいのに、それを隠してしまってもったいないと、常々思っておりました」

「そうだったの……。私も今までは気付かなかったけれど、記憶が蘇ってからは、貴女の心配がよく分かったわ。私も今までの格好はケバかったと思うし」

そう言うと、エマの表情がぱぁっと明るくなった。安心してもらえたようでよかった。それに私がようやく共感を示したのが嬉しかったのかもしれない。

「でもルイーゼさま、いくら休顔日だからといって何もつけないのはかえってよくないのですよ」

「え、そうなの？」

エマは大きく頷《うなず》き、話を続ける。

「太陽の光もある程度なら体のためによいのでしょう。ですが肌にとっては日焼けしないほうがいいのです。ですから日焼け止めのクリームを薄く塗りましょう。この間、王都の商人から仕入れたものがありますので」

「まあ、そんなものがあるの!?」

思わず前のめりに聞き返してしまった。するとエマがにっこり笑って答える。

「ええ、新商品だそうですよ。潤《うるお》いを与えて保湿《ほしつ》する効果もあるそうです。そして唇にも保湿用の唇専用のクリームを塗りましょうね。ほんの少しだけ色づきますが、ルイーゼさまは少々唇が荒れてらっしゃるようなので」

「まあ、嬉しい！　蜂蜜を塗るしかないのかしらと思っていたの！」

王都の商人、褒《ほ》めて遣《つか》わす。——などと考えながら、たっぷり化粧水を含ませたあとに、肌と唇に薄くクリームを塗って化粧を終えた。髪は下ろしたままだと邪魔なので、緩く編んでハーフアップにしてもらった。

（ああ、軽い。楽だ。ストレスフリーだ。なんたる解放感！）

顔も髪も軽くなると、足取りも軽くなる。心持ちスキップしながら、エマと一緒に自室を出た。

（引き籠りたいけど、1日中だと暇を持て余しちゃうわね。何かやることはないかしら）

屋敷のサロンにあるテーブルの椅子に座り、エマに入れてもらった紅茶を口にしながら考える。

（そうだ！　お菓子を作ろうかしら。今まで意識したことはなかったけれど、屋敷での食事のデザートにスイーツが出るのだから、この世界にも砂糖やバターや卵があるはずだわ）

前世の趣味はお菓子作りだった。洋服や化粧品を買う代わりに製菓《せいか》道具や焼き菓子の型を買い集めていた。もちろんスマホゲームにも課金していたけれど。デートなどに使う必要がなかった分、金銭的な余裕があったのだ。——ちょっと惨めな気持ちになった。

「エマ、私、お菓子が作りたいのだけれど」

「お菓子でございますか……？　それならば料理人のヤンに話してみましょう」

前世でよく作ったお菓子のレシピなら記憶している。流石に全てを覚えているわけではないけれど、基本的なお菓子は作れる。あとはアレンジでどうにかなるだろう。万が一婚約者に選ばれてしまって、そのあとアルフォンス殿下がヒロインのモニカと恋に落ちたら……。

（断罪される前に、婚約を辞退《じたい》して侯爵家の籍を抜けよう。平民になって市井《しせい》に下ってお菓子のお店を開くのもいいかもしれない。なんだかワクワクしてきたわ）

侯爵家に投資してもらって、少しずつお金を返していく。この世界にはないお菓子のレシピを覚えているから、上手くやれる自信がある。そんな未来を想像して、ふと顔が綻《ほころ》んでしまう。

こちらから婚約を辞退する代償《だいしょう》として、侯爵家の籍から抜ける。アルフォンス殿下にそう言えば、お咎《とが》めはないはずだ。そうすれば侯爵家の者が責任を問われることもないだろう。こちらに婚約続行の意思がないことが分かれば、ヒロインをいじめたとは疑われないと思うし。希望的観測かもしれないけれど。

ただ懸念《けねん》されるのは、ゲームのシナリオ通りに進もうとする何かの力が働かないかどうかだ。もしそんな神さまのような力があるのなら、婚約者に選ばれないようにするのは難しいかもしれない。

何はともあれ、幸せな未来のためにできることは全てやるしかない。あの不幸な未来を全力で回避するのだ。

そんな決意を胸に秘めながら、足取りも軽やかに屋敷の調理場へと向かった。

◇さくさくクッキー

屋敷の調理場へとやってきた。お菓子を作るためだ。縦ロールも化粧もしていない私を見て、使用人は皆、誰か分からないといった反応をした。今までずっと完全武装をしていたので、素顔は忘れられてしまったのだろう。なんだか悲しい。

今日の服装は、今まで着ていたゴージャスなドレスではなく、ごくシンプルな若草色のワンピースだ。前世の自分がTシャツにスウェットパンツまたはジャージで休日を過ごしていたことを考えると、ワンピースでも十分お洒落だと思う。エマに準備してもらった薄いクリーム色のエプロンを着けた。髪もひと纏めにして準備完了だ。

目の前に立っているヤンは、うちの屋敷の料理人だ。40歳くらいの、茶色の短髪が爽やかなイケオジだ。最初、お菓子を作るから場所を貸してほしいと言ったときは驚いていた。私がお菓子を作るなど、使用人たちは夢にも思わなかっただろう。前世の記憶を思い出す前の私は、調理器具を手にしたことすらないのだから。

今日はクッキーを作ろうと思う。ヤンに製菓道具を準備してもらって、計量を始める。材料は小麦粉とバターと卵と砂糖、それに数種類のドライフルーツとバニラビーンズだ。

当然のことながら、前世にあった伝家《でんか》の宝刀、ハンドミキサーがない。あったとしてもバターの攪拌《かくはん》はホイッパーで地道に擦《す》り混ぜるしかないのだけれど。私の筋力でホイッパーを使ってバターを攪拌するのは相当な重労働だ。明日は右腕が筋肉痛になるに違いない。

砂糖を入れて擦り混ぜたバターに、溶いた卵を少しずつ加える。分離しないように気を付けて均一に混ぜていく。焦って一気に加えないのがコツだ。

そのあとに小麦粉をふるい入れて、ボウルを回転させながら底から返すように全体を混ぜ合わせる。最後に生地《きじ》を半分に分けて片方にドライフルーツを入れ、片方はバニラで香りをつける。

「ドライフルーツって、好きな人と嫌いな人が結構分かれるのよね」

出来上がった生地をスプーンで掬《すく》って、天板《てんばん》に振り落とすようにして並べていく。そして予《あらかじ》め温めておいたオーブンに入れて焼成《しょうせい》する。オーブンも当然、電気やガスじゃなく薪《まき》だ。薪オーブンの温度を調整するのは難しいので、ヤンに手伝ってもらった。そのうちちゃんと調整方法を教えてもらおう。焼成が進んでくるとオーブンから甘い香りが漂《ただよ》ってくる。

（これこれ、この香りが堪らないのよね！）

前世では、電気オーブンの正面からガラス扉越しに、膨《ふく》らむ様子をそわそわと覗《のぞ》き込むのが楽しみだった。けれど今の世界に耐熱《たいねつ》ガラスなどあるはずもなく……。

(見えない……)

そわそわしながらも辛抱強く焼き上がるのを待って、オーブンから天板を取り出した。このクッキーは焼きたてがふわふわだ。これが冷めるとサクッと軽い口当たりになるのだ。

調理場にいた使用人一同が、焼き上がったクッキーを見て感嘆《かんたん》の声を上げた。まさか私がほぼ1人でやり遂《と》げるとは誰も思っていなかったのだろう。早速、ヤンに焼き上がったクッキーを1つ食べてもらった。

「っ……！　美味《うま》いです！　それに口当たりが軽い。やはりバターの撹拌が……」

ヤンがクッキーを食べながらぶつぶつ何かを呟いている。何かに入り込んでしまったようなヤンは置いておこう。「ドヤッ！」と腰に手を当て得意顔をしてみせると、使用人の皆に感心された。誰にも突っ込まれなくて、ちょっと恥ずかしくなった。

他の人にも出来上がったクッキーを1つずつ試食してもらったら、なんと全員に大好評だった。今までにこの世界で食べたことのあるクッキーは、比較的硬めのものが多かったからかもしれない。私の作ったクッキーはバターに空気を含ませているから、かなり食感がサクサクしているのだ。生地が柔らかいから型抜きはできないけれど。

多めに作ったので、クッキーはまだたくさんある。熱を冷ましたあと残りのクッキーを丁寧に蝋引《ろうび》き紙に包んで、お茶菓子の分だけお皿に盛りつけてサロンへと向かった。サロンのテーブルの真ん中にクッキーの皿を置く。エマに紅茶を入れてもらった。

午後のティータイムだ。せっかくなのでエマにも食べてもらおう。

「こんなに口当たりの軽いクッキーは初めてです。とても美味《おい》しいですわ」

クッキーを口にしたエマは心から美味しいと思ってくれているようで、とてもいい笑顔で喜んでくれた。美味しそうに食べる顔を見ていると、こちらまで嬉しくなってしまう。

「まだお菓子を作る時間はあるけれど、そろそろ調理場も夕食の準備が始まるだろうし、また次の休日までお預けね」

「そうですね。それにしてもルイーゼさまにお菓子作りの特技がおありになるとは驚きです」

「そうね、知識だけはあるわ。でもいくら常温に戻しているとはいえ、バターを手で攪拌するのがかなりきついけどね。筋トレでもしようかしら」

私の言葉を聞いてエマは首を傾げていたが、「筋トレ」が筋肉を鍛《きた》えることだと告げると全力で反対された。別に1人くらい筋肉質の令嬢がいてもいいと思うのだけれど。

そんなふうにエマと楽しくお喋《しゃべ》りをしながら紅茶を飲んでいると、突然、後ろから声をかけられた。

「ご機嫌よう。お嬢さん、失礼ですが、お名前をお伺《うかが》いしてもよろしいですか？」

声のほうを振り返ってみると、そこには今まで見たことがないほど優しい笑顔を浮かべたオスカーがいた。見た瞬間、すぐに分かった。絶対、姉だと気付いていない。

「何言ってるの？」

「…………………もしかして姉上？」

そもそも髪の色が自分と同じなんだから気付けよ、と突っ込みたくなった。顔を見ても分からないとか……。ああ、素顔で会うのはもう5年ぶりくらいかもしれない。

「久しぶり……？」

「意味が分かりません」

「よかったら一緒にお茶でもしない？」

「はぁ……」

オスカーがテーブルの向かい側に座った。エマが新たな紅茶を入れて出すと、ゆっくりとカップに口をつけた。クッキーも食べてもらおう。

「このクッキー、私が作ったのよ。よかったら召し上がって」

「なんですって……!?」

なんだろう、この反応は。オスカーは何か恐ろしいものでも見るような目でクッキーを見つめ、恐る恐る手を伸ばす。そしてゆっくりと口に運んだ。

「っ……！　美味しい……」

「でしょ？」

目を丸くしてクッキーを食べるオスカーを見て、なんだか楽しくなってきた。今まで何をしても敵《かな》わなかったオスカーを感心させたことが嬉しかった。そんな私の笑顔を見てオスカーが再び目を瞠る。

「一体どういった心境の変化ですか？」

「あー、うーんとね……」

オスカーはアルフォンス殿下との距離が近い。もしかしたら婚約者に選ばれないように協力してくれるかもしれない。そんな打算《ださん》と、同じ家で自然体で暮らすには知っていてもらったほうがいいという理由で、エマに話したときと同じように説明した。

「信じられない……」

「そうよね。分かるわ」

それはそうだろう。前世の記憶が蘇ったなどという世にも奇妙な打ち明け話を、すぐに信じろというほうが土台無理な話だ。

「クッキー、もう少しいただいてもいいですか？」

「ええ、もちろんよ。好きなだけどうぞ」

クッキーを気に入ってくれたみたいでよかった。美味しそうに食べてくれているのが嬉しい。

それはそうと、オスカーがクッキーを食べながら、ちらちらと私を見てくる。いい加減素顔に見慣れてほしいものだ。

「姉上が殿下の婚約者に選ばれたくないという理由は分かりましたけど」

「ええ」

「今の姉上なら、普通に殿下に気に入られるのでは？」

なんてとんでもないことを言うのだろう、この弟は！　ゲームのシナリオ上、アルフォンス殿下はヒロインのほうに心を奪われる確率が非常に高いというのに。

「殿下にヒロインよりも好きになってもらう自信はないわ」

「ふむ……。『ゲーム』のシナリオというやつですか。厄介《やっかい》ですね。なんらかの力が働く可能性があると思うんですか？」

「それもあるけど、単純に私は女として自信がないのよね。だからお願い、協力してほしいの！」

そう言って、両手を合わせたお願いポーズでオスカーに頼んでみる。するとオスカーが大きな溜息を吐いて答える。

「協力するのは構いません。安心してくださいと言うのは変ですが、正直なところ、殿下の姉上に対する印象はかなり悪いと思われます」

「そ、そう」

分かっていたけれど、はっきり明言されるとショックだ。

「けど問題なのは、婚約者を選ぶのが殿下ではないということです」

「それは確かにそんな気がしていたわ……」

婚約者の選択は、アルフォンス殿下の意思と関係ないかもしれないのか。好感度を下げても無意味なら、頑張る意味がない。

「ただ、殿下は自分で婚約者を選ぶ気がないから人に任せてるだけなんです」

「そう……。本当に婚約者に興味がおありでないのね」

「ええ。ですが殿下が拒否すれば、当然その意思は酌《く》まれるので、姉上を選ばないように殿下に進言してみます」

「ありがとう、オスカー」

オスカーの気持ちが嬉しくて、つい顔が綻んでしまった。

「でも今の姉上が相手なら、殿下も……」

「え？」

「……いえ、なんでもないです。それにしてもそのヒロイン、モニカ嬢でしたっけ？　もうすぐ学園に転入してくるんですか？」

「ええ、恐らく。そしてモニカさんの選択によっては、オスカーにも接触してくると思うわ。もし貴方が彼女を好ましいと思うなら、その気持ちを尊重したい。けれど、彼女が逆ハーレムを目指しているのなら、あまり貴方に関わってほしくないわ」

弟が「逆ハー」の取り巻きの１人とか、想像するだけで寒すぎる。

「フフ。分かりました。それにしても姉上は、中身が別人かっていうくらい変わってしまいましたね。殿下にはもう好意はないのですか？」

滅茶苦茶《めちゃくちゃ》恥ずかしい質問をされた。弟と恋バナって凄く照れるのだけれど。

「……アルフォンス殿下のことは好きよ。それは今も変わらないわ。殿下の人となりをあまり知らずに外見だけで、って言われたらそうなのかもしれない。でも、初めて会ったときからずっと好きだったの。理屈じゃないのよね」

「そうですか。それなのに、頑張りもせずに諦めるんですか？」

言っていることは分かる。でも本当に自信がないのだ。

「それについては繰り返しになるけれど、不幸な未来が待っているかもしれないと思うと、婚約者になるのが怖いの。挑むよりも逃げることを選ぶ。ヘタレなのよ、私は」

「そんなことは……」

「ううん、いいのよ。けれど素顔であれば貴方の……友人の姉として仲よくしてもらえるかもしれない。愛されない王妃よりは、友人の姉のほうがいいもの」

「そうですか。……分かりました。僕も協力します。今の姉上を殿下に紹介できないのがとても残念ですが、仕方がありませんね」

「ありがとう。よろしくね」

オスカーは優しく微笑んでゆっくりと頷いた。もっとクッキーが欲しいというので分けてあげたら、凄く喜んでくれた。気に入ってもらえて私も嬉しい。婚約の件は、オスカーに面倒をかけて申しわけないと思う。けれど味方になってもらったことで、婚約者に選ばれないようにする可能性が増した。これは大きな進展だ。

けれど、このとき私はまだ知らなかった。嵐がもうすぐそこまで来ていることを。

◇殿下の好きなもの

「やあ、オスカー。よく来たね」

「お疲れさまです、殿下」

僕は今日、王都で今話題のケーキ屋で一番人気のガトーショコラを買ってきた。城で執務するアルフォンス殿下に差し入れをするためだ。この見目麗しい銀髪の王太子は、何よりも甘いものが好きなのだ。

（確か殿下は、午後は執務室で書類仕事をしているはずだ。甘いものでも食べれば疲れが取れるだろう）

そんなことを考えながら、王太子の執務室へと足を運んだのだ。

「今日は王都で人気の店の、ガトーショコラを持ってきました」

僕の言葉を聞いた途端、書類と睨《にら》めっこをしていたアルフォンス殿下が、鬱々《うつうつ》とした表情を一変させて、ぱぁっと眩《まばゆ》い笑顔を浮かべる。

（どれだけ甘いものが好きなんだ、この人は。喜びすぎだろう）

若干苦笑しながら、ソファの前のテーブルにケーキの箱を置いた。

「おお、以前から噂になっていたあれか！　一度食べてみたかったんだ。ありがとう、オスカー！」

アルフォンス殿下が満面の笑みでソファに座って一息吐いた。侍女に紅茶を入れるよう頼んで、僕も向かい側に座る。ガトーショコラを箱から取り出して、目の前の皿に載《の》せる。アルフォンス殿下はアメジストの瞳を潤ませながら、熱心にその様子を見つめている。この熱意を少しは婚約者選びに向けてくれるといいのだが。

今、婚約者の選定に携《たずさ》わっているのは、陛下と宰相である父上だ。だからといってアルフォンス殿下の意思が無視されるわけではない。ただ単に婚約者選びに全く関心がないから、他人に任せ切りにしているだけなのだ。

「美味いな、これ……」

アルフォンス殿下がガトーショコラを口へ運びながら呟く。アメジストの瞳が、感動できらきらと輝いている。

(あっという間になくなるな、ガトーショコラ……。あ〜あ、1時間も並んだのに)

そんなことを考えながら、美味しそうにケーキを頬張《ほおば》る殿下を眺めて答える。

「ええ、平民だけでなく貴族にも人気だそうですよ。最近は午前中に売り切れてしまうのだそうです」

「へぇ。それなのにわざわざ買ってきてくれたんだ。嬉しいよ」

「喜んでいただけて光栄です」

満面の笑みで皿に向き合うアルフォンス殿下に、ニコリと笑った。実はガトーショコラは限定品で、1人1個しか買えない。ガトーショコラだけじゃ足りないと思って、他のケーキも買ってきた。

実のところ、僕は甘いものにはそれほど関心がない。だが、昨日食べた姉上のクッキーは本当に美味かった。甘さもくどくなくてサクサクしていて、できることならまた食べたいと思った。そして僕はどちらかというとドライフルーツ入りのほうが好みだ。

昨日食べたクッキーの味を思い出して、思わず笑みが零れてしまう。紅茶と一緒に食べようと、昨日分けてもらったクッキーの包みを取り出した。蝋引き紙をカサカサと開け、それを取り出して一口齧《かじ》る。うん、やっぱり美味い。

急に刺すような視線を感じたので、はっと前を向く。するとアルフォンス殿下の視線が僕の手元に釘付《くぎづ》けになっていた。皿を見ると、すでにガトーショコラはなくなっている。

いやいや、ちょっと待ってほしい。このクッキーはガトーショコラにありつけなかった僕のものだ。アルフォンス殿下に渡す分はない。そう考えて、さり気なくクッキーをアルフォンス殿下の視界から隠す。

「オスカー、それ」

「駄目《だめ》です。これしかないんですから」

「1個でいいから」

「…………1個だけですよ」

どうせ突っぱねてもごり押ししてくるんだ、この人は。仕方がないので渋々《しぶしぶ》クッキーを差し出す。アルフォンス殿下はクッキーを1つ摘《つま》んで、口へと運んだ。

「うまっ！　なにこれ、凄く美味しいんだけど。どこで買ってきたの？」

アルフォンス殿下が目を丸くして驚く。かなり気に入ったらしい。さて、どう答えよう。ここで姉上が作ったなどと言っては、下手に関心を持たれかねない。約束した以上、姉上が婚約者に選ばれないよう心象操作をしなくてはいけない。困ったな。ここは無難《ぶなん》に……。

「このクッキーはうちの料理人が作ったものです。気に入っていただけて、彼も光栄だと思います」

「へぇ、そうなんだ！」

あ、ヤバい。アルフォンス殿下の目がきらきらしている。咄嗟に手元のクッキーをしまおうとするが、時すでに遅し。

「ねえ、もう1個ちょうだい」

「ええっ!?　1個だけって言ったくせに……」

アルフォンス殿下が強引にクッキーをもう1個摘んだ。

「本当に美味いな。優しい味がする。ガトーショコラも美味しいけど、俺はこっちのほうが好きだな」

「……そうですか」

せっかく苦労してガトーショコラを買ってきたのに……。だが、なんだかんだ言ってルイーゼ姉上は身内だ。姉上の作ったものが喜ばれたのは嬉しい。本当は声を大にして言いたい。これは姉が作ったものだと。

正直、これまでは姉上のことを馬鹿にしていた。姉上はいつもアルフォンス殿下のことだけをひたむきに思っていて、周囲のことが見えていなかった。恋愛に溺《おぼ》れている様子はとても愚《おろ》かに見えた。愚直《ぐちょく》なところは美点と言えなくもないが、見ていて苛々《いらいら》した。

だが昨日の姉上は、どう見ても今までと違っていた。雰囲気の柔らかい見知らぬ令嬢だと思い込んで話しかけてしまった。姉上の友人かと思ったのだ。見た目はもちろんだが、いつもと違って香水臭くなくて、どことなくバニラの甘い香りがした。姉と知らずに最初話しかけたときには、不覚《ふかく》にも若干ドキドキしてしまった。実際に話してみても、姉上は明らかに今までとは違っていた。聞けば前世を思い出したという。

何より印象的だったのは、先のことを見据《みす》えて思慮深くなっていたことだった。臆病《おくびょう》ではあるが、慎重とも言える。僕にとっては、今の姉のほうが以前よりも好ましく思えた。今なら対等に話ができると。

「殿下は姉のことをどう思ってますか？」

「ああ、ルイーゼ嬢か。オスカーには悪いけど、彼女は苦手だ」

アルフォンス殿下が苦笑しながら答えた。まあそうだろうなと予想はしていた。さらに突っ込んで尋ねてみる。

「どういったところが？」

「そうだねぇ。ケバい見た目はもちろんだけど、何よりもあの香水だね。あれでぐいぐい来られると結構きついものがある」

「まあ、あの香水は確かに……」

外見はともかくとして、学園へ行く日の姉上の香水には確かにうんざりさせられる。僕が朝の爽やかな空気を楽しめるのは、エントランスへ行って姉上と会うまでだ。薔薇の香水が階段の上まで立ち上ってくる。さらに馬車の密室での香水はきつい。学園に到着して別れたあとも、しばらくは僕の制服にまで匂いが染みついている。

「あと、急に化粧も濃くなって、前より秋波《しゅうは》が酷くなった気がするんだ。頭を打ってからかな」

転倒して、前世の記憶とかを思い出したときのことか。

「打ちどころが悪かったのかな……。転倒したとき様子がおかしかったんだよ。いつもルイーゼ嬢は、甘えた声で『アルフォンスさま』と俺のことを呼んでいるんだ。だがあのときだけは『殿下』と呼んだので、違和感を覚えたんだ」

「はぁ」

「それに、保健室に連れていこうとしたら断られたんだ。いつもなら喜んでベタベタしてきそうなものなのに。本当に大丈夫だったのかな、彼女は」

「大丈夫みたいですよ。ご心配ありがとうございます」

姉上が転倒したときのことを思い出しているのか、アルフォンス殿下は何やら考え込んでいる。苦手と言いながらも、姉上が頭を打ったことを心配しているようだ。アルフォンス殿下は女性に対して無関心なだけで、情が薄いわけではない。それが分かっているから幼い頃からずっと近くにいるのだ。

それにしても、転倒したときの姉上はよほど気が動転していたのか。混乱して素《す》が出ていたのだろう。頭を打った翌日から、それまでに輪をかけて媚び始めたわけだ。ふと3日前の姉上の過激に濃かった化粧を思い出して、想像する。あのケバい姿を見て、アルフォンス殿下もさぞかし困惑しただろう。

「それほど苦手と思ってらっしゃるなら、婚約者の候補から外されてはいかがですか？　姉も嫌われたまま殿下の伴侶《はんりょ》になるのは哀れですし」

「ああ、そうだねぇ……。ん、オスカー、そんなにルイーゼ嬢に対して優しかったっけ？」

おっと、あまりいつもと違う発言をすると怪しまれてしまう。少し結論を急ぎすぎてしまったみたいだ。自然に姉上を候補から外させるのは難しそうだな。

「そんなことはないですよ。殿下のためにそれがいいんじゃないかと思っただけです。いくら婚約者選びに関心がなくても、少しでも相性のいい相手のほうがいいでしょう？」

「まあ、そうだね。考えておくよ」

アルフォンス殿下がにっこりと笑って答えた。この笑顔にどこか下心を感じてしまうのは気のせいか？

「ねえ、オスカー。このクッキー、また食べたいな」

「………分かりました。また作らせます」

クッキーが目的だったのか。仕方ない。また姉上に頼んで作ってもらおう。――そう考えながら大きな溜息を吐いた。姉上の今後を考えて、頭が痛くなってしまった。

◇製菓クラブ

週が明けて、いつものように学園へ向かう。今日も元気に真赤な口紅を塗ったら薔薇の香水をたっぷり振って、縦ロール。さらにアイラインと頬紅でばっちりだ。

学園に着いて教室の席に座り、遠巻きに私を見る級友たちを眺めて、今さらのように気付く。

「そういえば私って、友だちがいないわ……」

今さらだけれど、私には友だちがいなかった。これまではアルフォンス殿下のことだけを1日中考えていたために、全く気付かなかった。どうやら頭の中に花が咲き乱れていたようだ。これからは恋愛以外のことにも目を向けて、少しでも学園生活を楽しみたい。というのも、周囲から浮きまくっているケバい見た目《コスプレ》のせいで人が寄ってこないのだ。

関わりたくないからか、同級生からはあまり話しかけられない。かといって陰口は叩《たた》かれるけれど、意地悪をされるというほどでもない。だけど1人ぼっちの学園生活は寂しすぎる。できることなら友だちが欲しい。

（自分の教室と殿下の教室を往復してるだけじゃ、友だちはできない。確か、少し前に製菓クラブができたって聞いたわ。早速入部してみようかしら。恋愛以外のことにも目を向けるのって大事よね！）

よし、放課後、製菓クラブへ行ってみよう。昼食時は今日もアルフォンス殿下の教室へ向かい、玉砕《ぎょくさい》覚悟で突撃した。そして撃沈《げきちん》した。今日はオスカーと昼食をとるからと、アルフォンス殿下は令嬢たち全員にやんわりと断りを入れていた。私はというと今日の任務は終わったとばかりに安堵しながら、アルフォンス殿下の教室を出た。

そしてようやく、待ちに待った放課後である。製菓クラブへ入部すべく、学園内の調理室へと向かう。調理室ではすでに十数人の学生が活動を始めていた。見渡すと教師と思われる女性がいた。年齢は40歳くらいで、薄茶色の髪をすっきりと纏め、同色の瞳が優しそうな女性だ。銀ブチの小さな丸眼鏡をかけている。私はその教師に尋ねてみる。

「あの、先生、今よろしいでしょうか？」

「あら、貴女は……クレーマン侯爵令嬢かしら？」

どうやらあまり面識のない教師でも、私のことを知っているようだ。なんだかケバい装いがネオンサインのような役割を果たして、悪目立ちしているのではないかと思ってしまう。いや、多分している。

「はい、ルイーゼと申します。実は製菓クラブに入部したいのですが」

そう申し出ると、教師はぱぁっと笑顔を浮かべた。

「まあ、大歓迎よ。私は顧問のマルティナ・リーグルよ。だけど貴女……」

「はい？」

「ちょっと香水がきついわ。皆さんの邪魔になるから、入部するなら香水は禁止ね」

「あ、はい。すみません」

リーグル先生に指摘されて、はっと気付いた。香水をたっぷりつけたまま調理室へ来てしまった。悪いことをしてしまった。お菓子を作る場で香水を匂わせたら、懸命に取り組んでいる他の部員の邪魔になる。私もお菓子を作るので、きつい匂いが邪魔になるのはよく分かる。自分の迂闊《うかつ》さに気付いて後悔《こうかい》した。

リーグル先生に香水をつけないことを約束して、入部の許可をもらった。明日から香水を使えなくなってしまうけれど、ケバい見た目は変わらないわけだし、嫌われ大作戦にそれほど支障はないだろう。今日は邪魔にならないように遠くから見学させてもらおう。そう思って周囲を見渡すと、調理室の一画で女子生徒たちが固まって作業をしているのが見えた。

製菓の班だろうか。邪魔にならないようにさり気なく女子生徒たちのところへと移動する。そして調理台の側にいくつか並んでいた椅子の1つにちょこんと座った。そのまま女子生徒たちの手元を見ながら、製菓クラブの様子を見学することにした。

(人によって結構やり方が違うものね。ああっ、そんなに強くかき混ぜちゃ駄目よ)

はらはらしながら見守っていたら、人が作っているのを見ているだけでもとても楽しいことに気付いた。なんだかうずうずする。早くあの輪の中へ入りたい。

突然、班で作業をしていた女子生徒の1人が、こちらを振り向いて近づいてきた。赤毛を後ろで三つ編みに纏め、琥珀《こはく》色の瞳がくるくると表情豊かに動く、鼻に少しそばかすがある可愛らしい少女だ。年齢は私と同じくらいだろうか。その赤毛の少女がにっこり笑って私に話しかけてくる。

「貴女、ルイーゼさまですか？」

「ええ、そうです」

「ああ、やっぱり！　私はこの班の班長でカミラといいます。ディンドルフ伯爵家《はくしゃくけ》の娘ですわ」

「カミラさん。今度入部させていただくことになりました。よろしくお願いします」

「こちらこそよろしくお願いします。それにしても、噂に違《たが》わず目立ちますわね。フフッ」

カミラさんにそう言われて地味にへこむ。やはり私のケバい容姿《ようし》は、学園で悪名高いらしい。

目立っているのは自覚しているけれど、カミラさんが聞いたのは一体どんな噂なのだろう。気になる。

「すみません」

「とんでもないですわ。お洒落の嗜好《しこう》なんて人それぞれですもの。でも香水はこの部では禁止ですわよ」

「あ、はい。先ほどリーグル先生にも言われました」

香水に関しては、今日だけはどうにか辛抱してもらうしかない。

(明日からはもう香水はつけません。ごめんなさい)

心の中で調理室にいる全員に謝った。

「そう。それなら私からは何も言いませんわ。それに、私は貴女と同じ学年なんですから敬語はやめてくださって結構ですわよ。それに、貴女のほうが身分が上ですわ」

微笑みながら告げられたカミラさんの言葉が嬉しくて、思わず笑みが零れてしまった。なぜなら、学園で気さくに話しかけてくれた女子生徒は、これまで1人もいなかったからだ。

「それなら貴女も、私のことをルイーゼと呼んでください。敬語も結構ですわ。私もカミラと呼ばせていただいていいですか？」

「ええ、いいわよ。よろしく、ルイーゼ」

「ふふ。よろしく、カミラ」

ニコリとカミラが笑った。カミラの笑顔を見ていると自然と笑みが浮かぶ。なんだかほわっと穏やかな気持ちになれるのだ。なんとかして友だちになりたい。するとカミラが私の隣にちょこんと座ったので、密着した状況にちょっとドキドキしてしまう。今世で女の子の友だちと至近距離で接したことがなかったからだ。私の高揚した気持ちなどまるで気付いていないかのように、カミラが話しかけてくる。

「そういえばあの噂聞いた？　明日転入生が来るっていう噂」

「いいえ、聞いてないわ。転入生が入ってくるの？」

転入生と聞いてドキッとする。転入生とは恐らく、『恋のスイーツパラダイス』のヒロインだろう。ふと、ゲーム中のヒロインのスチルが脳裏に蘇る。ストロベリーブロンドのふわふわとした髪に、紫紺《しこん》の瞳の可愛らしい令嬢。

「どうも男爵令嬢らしいわ。どんな子か楽しみなの。仲よくなれるといいのだけれど」

「そうね。それは楽しみね」

楽しそうに話すカミラに、笑って答えた。ヒロインが転入してくれれば、アルフォンス殿下は彼女と出会って心を傾けるはずだ。2人がくっつけば、もう無理してケバくしなくてもよくなる。そう思うのだけれど、仲のよい2人を想像して胸がつきんと痛む。

けれど、いよいよアルフォンス殿下を諦めるための覚悟を決めないと。この恋心は大切に封じ込めておこう。

(明日か……。ヒロインはどんな子なんだろう？　仲よくなれるといいのだけれど)

ヒロインのことを予想しながら、その日の製菓クラブの見学を終えた。

3章　想定外のヒロイン

◇出会いイベント

今日は、転入生が来るとカミラが言っていた日だ。その転入生はきっと、ゲームのヒロインであるモニカさんだ。モニカさんは私のクラスではなく、隣の――カミラのクラスに入ったようだ。どんな子なのかすぐ知りたかったのに、ちょっと残念だ。

モニカさんが転入してくれれば、わざわざ嫌われに行かなくてもよくなると安心したのもあって、今日はアルフォンス殿下の教室へは行かなかった。まだ2人の出会いを確認したわけではないのだけれど、「もういいよね」という気持ちが湧《わ》いてしまったのだ。

これまでは、お昼休みにアルフォンス殿下の顔を見に行くのが1日の楽しみだった。ところが今は、お昼休みがつらい時間に変わってしまった。これまでは顔を見られただけで嬉しかったけれど、わざわざ嫌われに行くのは全く楽しくないからだ。

そして今日は、髪とお化粧はばっちりだけれど、香水をつけるのはやめた。放課後の製菓クラブに参加するためだ。友だちもできそうだし、製菓クラブへの参加は今の私にとって唯一の楽しみになりそうだ。

今日は午後の授業が1限しかなく、少し早めに放課後を迎えた。ようやく製菓クラブへ行ける。そう思うと嬉しくなって、うきうきしながら足取りも軽やかに調理室に着いた。

カミラたちの班で作る今日の課題は、パウンドケーキだ。小麦粉、卵、バター、砂糖を使ったもので、バニラで香りづけしている。私は人差し指を顎《あご》に当てながら、パウンドケーキを思い浮かべて、バリエーションについて考える。

「パウンドケーキってレモンピールやドライフルーツを入れても美味しいのよね。アーモンドとか胡桃《くるみ》の入ったのも香ばしくって好きだわ」

「まあ、ルイーゼって本当にお菓子を作るのが好きなのね。だけどもしかしたら、ただ食いしん坊なだけだったりして」

カミラがそう言ってクスクス笑うので、私もなんとなく可笑《おか》しくなって笑ってしまった。他の部員も、とても楽しそうにお喋りしている。カミラたちとキャッキャウフフしながらパウンドケーキを作る。そんな時間がとても楽しい。製菓クラブに入って本当によかった。そして出来上がったケーキを3切れほど紙に包んで、バッグに忍ばせた。もちろん自分で食べるためだ。

ちなみに前世の私は、ブランデーに漬《つ》け込んだドライフルーツを入れて焼き上げ、直後にじっとりするほど刷毛《はけ》でブランデーを浸み込ませたパウンドケーキが好きだった。香りが強くて洋酒独特の苦みがあるけれど、大人の味といった感じでいくらでも食べられる。

（ああ、本当に楽しかった！）

クラブ活動の楽しい余韻を胸に抱いたまま、家へ帰ろうとうきうきしながら調理室を出た。

そして学舎の廊下を歩きながら思い出す。

「そういえば、ゲームのアルフォンス殿下とヒロインの出会いイベントって、ヒロインが転入した日の放課後じゃなかったかしら……」

前世でプレイしたゲームのシナリオでは、放課後にアルフォンス殿下が、階段の上から落ちそうになったヒロインの腕を咄嗟に掴《つか》んで助けるというイベントがあった。

ヒロインは、助けてくれたアルフォンス殿下の顔を潤んだ瞳でじっと見つめ、恥ずかしそうにお礼を言う。そんなヒロインを見て、アルフォンス殿下は「可愛い。守ってあげなければ」と思うのだ。２人は見つめ合い、心を通わせる——といった、ありがちなイベントだ。

できることなら見届けたいという思いに駆られた。アルフォンス殿下とモニカさんが見つめ合ってはいいあとを飛ばし合うのを見るのはつらいけれど、イベントの進行次第で私が婚約者にならずに済むかどうかの予想がしやすくなる。ぐっと感情を押し殺し、イベントの進行を確認するために件《くだん》の階段のある場所へと向かった。

階段に到着して様子を見てみる。どうやらイベントの開始に間に合ったようだ。階段の陰で様子を窺《うかが》っていると、上のほうでアルフォンス殿下が令嬢たちに囲まれているのが見えた。

今まで令嬢たちと一緒になって騒いでいた私があの中にいないのが、なんだか不思議に思える。それにしてもモニカさんの姿が見当たらない。何かあったのだろうか。

（まだモニカさんは来ていないのかしら……。それにしても、殿下がなんだか危ないわね）

アルフォンス殿下の状況を見ていると、ひやひやしてしまう。というのも、今立っている場所が、階段の端のかなりぎりぎりのあたりなのだ。

婚約者候補の令嬢たちに迫られて、いつの間にか後ずさってしまったのだろう。何かのはずみで落ちそうで、見ていてはらはらしてしまう。最悪の状況を想像をすると、とても怖くなる。

令嬢たちは、さらにぐいぐいとアルフォンス殿下に迫っている。

「アルフォンスさま、よかったら今度の休日、うちのお茶会にいらしていただけません？」

「あら、アルフォンスさまはお茶会になんて行かれませんわ。今夜、内々のパーティがありますの。よかったら、ぜひうちにいらっしゃってくださいませ」

迫りくる令嬢たちに、アルフォンス殿下は顔を引きつらせながら徐々に後ずさる。

「ああ、うーん。今日はちょっと」

アルフォンス殿下が断ろうとしたところ、突然ドンッと何かの衝撃が起きて、令嬢たちがアルフォンス殿下の体を押してしまった。

「危ないっ！」

気付くと、叫んで飛び出していた。飛び出した瞬間は何も考えなかった。ただ助けたい一心《いっしん》だった。すでにバランスを崩して落ちようとするアルフォンス殿下に駆け寄り、階段の上からその袖《そで》を掴む。

けれど、重力に任せて落下し始めた男性の体を、女の私が支え切れるはずもない。袖を掴んだまま、アルフォンス殿下の体ごと階段の下へと落下していく。

落ちる瞬間、アルフォンス殿下の体が傷つかないようにと無意識に庇《かば》ったからだろうか。階段の下に落ちたとき、私の体はアルフォンス殿下の下敷きになっていた。

「殿下！　大丈夫ですか⁉　っつうっ……」

思わず声をかけながら、全身を襲うあまりの痛みに冷たい汗が滲んだ。アルフォンス殿下のほうは、私が下敷きになったのもあって外傷はないようだ。けれど頭を打ってしまったのか、意識を失っている。脳震盪《のうしんとう》かもしれない。

私はというと、体のあちこちを打ちつけたようだ。特に、捻《ひね》ってしまった左手首がかなり痛い。あまりの痛みに貧血を起こしそうだったけれど、アルフォンス殿下を助けたいという気力のほうが勝《まさ》った。

「誰か、殿下を保健室へ！」

通りがかりの男子生徒2人が気付いて、大慌《あわ》てで駆け寄ってきた。そして保健室へ向かうために、アルフォンス殿下を抱えてくれた。

階段の上にいた令嬢たちのほうを見ると、皆、顔を真っ青にして固まっていた。故意《こい》でないとはいえ、このままでは令嬢たちは罰《ばっ》せられるかもしれない。結果的に王太子を突き落としてしまったのだから。

とりあえず今は、令嬢たちよりもアルフォンス殿下のことが心配だ。私は、アルフォンス殿下を運ぶ男子生徒2人のあとについていくことにした。


保健室に到着して、男子生徒が奥のベッドにアルフォンス殿下を横たえてくれた。養護教諭に知らせにいく男子生徒たちにお礼を言ったあと、ベッド脇のカーテンを引いて、意識のないアルフォンス殿下に付き添う。

「殿下……。どうしてこんなことに……」

不幸な未来から逃れるために、ケバい格好をして嫌われようとしていた。けれどアルフォンス殿下が落ちそうになるのを見た瞬間、大好きな人がいなくなってしまうかもと思った。

そして助けようと思ったときには、頭の中から未来のことなど一切消え去っていた。生きてさえいてくれたらそれでいいと、そう思ったのだ。

脳震盪と同時に貧血でも起こしたのだろうか。アルフォンス殿下の顔色がかなり悪い。そして何か夢を見ているのか、うなされている。眉を顰めてとてもつらそうだ。

そんなアルフォンス殿下の頬にそっと掌で触れると、恐ろしいほどにひんやりとしていた。それなのに、額からこめかみにかけて汗が浮いている。

「何か悪夢でも見ているのかしら……。お可哀想《かわいそう》に……」

持っていたハンカチでアルフォンス殿下の額の汗を拭う。少し顔色が戻ってきただろうか。

「こんなときに何をしているの、オスカーは。いつも一緒にいる癖に……」

小さな声で悪態《あくたい》を吐いてしまった。オスカーが悪いわけでもないのに、完全に八つ当たりだ。

そのとき、突然ガラガラっと保健室の扉が開いた音がした。先生かオスカーかと思って、勢いよくカーテンの外へ飛び出した。けれど入口にいたのは、なんとゲームのヒロインのモニカさんだった。一体なぜ、保健室に来たのだろう。

改めてモニカさんの姿をじっと見てみる。やはりゲームのスチルと同じ容姿だ。ハーフアップにされた肩までのストロベリーブロンドの髪がふわりと揺れ、長い睫毛の下の紫紺の瞳はくりっとして大きい。背は小さめで、体つきは華奢《きゃしゃ》なようだ。

その儚《はかな》げな外見は、女の私ですら庇護欲を掻き立てられるほどだ。ところがこのあとモニカさんの口から出た言葉に、私は思わず戦慄してしまった。

「貴女、よくも私の出会いイベントを潰《つぶ》してくれたわね！」

およそ外見に似つかわしくない攻撃的な声音と言葉に驚いてしまった。

「出会い、イベント……？」

その言葉で、モニカさんも転生者であることを、私はすぐに理解した。転生者でないなら、「イベント」などという言葉を使ったりはしないはずだ。

それに出会いイベントの詳細《しょうさい》は、前世の記憶からの知識である。詳細を知っているということは、モニカさんも転生者であると考えて間違いないだろう。しかも『恋のスイーツパラダイス』をプレイしたことのある日本人だ。

悪態を吐くモニカさんに対し、私が転生者であることを隠すべきだと直感的に思った。敵愾《てきがい》心《しん》を隠しもしないモニカさんの態度が、友好的なものとはとても思えなかったからだ。

「先生に注意されて、階段へ行くのが5分だけ遅れちゃったのよね。とりあえず、あとは私がアルさまの看病をするから帰っていいわよ。ご苦労さま」

クレーマン侯爵家よりも家格の低いトレンメル男爵家の令嬢であるにも関わらず、まるで侍女に対するかのようなモニカさんの物言いに、思わず首を傾げてしまう。

けれど確かに、私が付き添ったままアルフォンス殿下が目を覚ますと厄介な状況になるかもしれない。私が助けた事実は隠しておいたほうがいいだろう。

「……分かりました。それでは殿下のことをよろしくお願いします」

そう言って、モニカさんにアルフォンス殿下の付き添いを託《たく》した。

とはいえ、悪意があるかもしれない、よく知りもしない女子生徒に王太子殿下を全面的に任せるわけにはいかない。ゲームのヒロインではあるけれど、前世が日本人の転生者である以上は何をするか分からない。よもや襲われるようなことはないとは思うけれど。

そう判断して、保健室の扉を開けて、近くにいた学生に改めて養護教諭を探してもらうことにした。そして養護教諭が来るまで、カーテンの外で2人の様子を見守る。

先生を待っている間、自分の左手首が酷く痛んでいることに気付いた。アルフォンス殿下のことが心配で完全に忘れていた。

左手首が赤く腫《は》れ上がってずきずきと痛み、腫れた部分が充血して熱を持っている感覚がする。一度意識が痛みに向くと、手首だけでなく全身のあちこちが痛いのに気付いた。階段から落ちたときに強打したようだ。

（痛い……。早く治療したほうがいいかも。ここなら包帯はあるだろうけれど、1人じゃ巻けないから家まで我慢しよう。それにしても養護教諭《先生》はまだかしら）

待っていると、ようやく養護教諭のブラント先生が走ってきた。先生に殿下のことを伝えて、すぐさま保健室から出る。アルフォンス殿下の症状が気になったけれど、先生もいるし大丈夫かと屋敷へと戻った。

◇絶望と落胆、そして悪夢

目の前に浮かぶのは醜悪な女の顔だ。俺が11歳のとき、歴史の講師をしていた女。

「アルフォンス殿下、私がもっと他のことを教えてさしあげますわ」

「っ……！」

吐き気がした。むわっと鼻につくきつい香水の匂いに怖気《おぞけ》が走る。

（俺に触るなっ……！）

恐怖のあまり言葉を失った。覆《おお》い被《かぶ》さってくる醜《みにく》い塊《かたまり》に抵抗したが、子供だった俺は大人の力に抗《あらが》えず、懸命に歯を食いしばりただひたすら惨痛《さんつう》に堪えるしかなかった。襲ってきた女はすぐに捕縛《ほばく》された。だが俺の胸には、返す返す悪夢に悩まされるほどの恐怖と怒りが深く刻み込まれた。

それからすぐに護衛を増やしてもらった。自分自身もそれまで習っていた剣術に加えて体術も学び始め、自衛のための手段を講《こう》じた。だが当時、俺は子供で襲撃者は大人だ。気休めにしかならないと分かっていた。

講師の女の事件が初めてだった。その頃から、この目立つ容姿のせいで、女性に関心を持つ前の年齢であるにも関わらず、何度も襲われかけた。貴族、講師、侍女、騎士——恐怖に怯える毎日だった。誰も信用できない、と思った。

そして女性どころか同性相手でも、ほんの一握りの気心の知れた相手以外は他人を寄せつけないようになった。媚びてくる者ほど信用できないと悟ったのはその頃だ。

成長するにつれ、女性のことが次第に、恐怖の対象から、関心に値しない「物」に見えるようになってきた。女性に限らず、信頼できない者は皆そうだった。

婚約者など誰でもいいと言った通り、今のところ、女性に対して関心を持つ気には全くならない。女性とどうこうなろうと思ったことはこれまで一度たりともない。ずっと昔、他人が信用できなくなってしまってから、国王陛下に尋ねたことがある。

「父上。私はずっと独り身でいては駄目でしょうか？　私は気心の知れた友人だけが側にいればいいのです」

もうすでに何度も襲撃に遭《あ》っていたので、信用できない他人を側に置きたくないという気持ちが強かった。ましてや女性と情を交わすなど考えたくもない。

「アルフォンス。お前は第一王子で次期国王の筆頭候補《ひっとうこうほ》だ。一生子をなさぬなど許されぬよ」

陛下の無情な答えに絶望した。それならば王太子になどならなくてもいいと言いつのったが、全く聞いてもらえなかった。

14歳になって、婚約者候補の選定が始まった。だが選定に意見することは一切なかった。誰が選ばれようが同じ——どうせ誰に対しても関心など持てない。意に沿わぬ相手と一生ともにいなければいけない。そんな王族の義務に対して諦めが生じていた。子さえなせばそれでいいのだ。心と体を切り離せば済む。

だが候補者の中に、思い出の少女がいたのには驚いた。12歳になって初めてオスカーの屋敷を訪ねたときに同席していた2つ下の少女——ルイーゼ・クレーマン侯爵令嬢だ。

背中まで伸びた蜂蜜色の金髪はとても柔らかそうで、美しいエメラルドグリーンの瞳を恥じらいで潤ませていた。顔立ちはオスカーにそっくりだが、オスカーよりもあどけない。

俺を見て頬を染める様子は、とても可愛らしかった。初めて会ったとき、そんなルイーゼ嬢と友だちになりたいと思った。ルイーゼ嬢だけは醜悪な女たちと違うと感じたのだ。

だがそれから2年後、婚約者候補になったルイーゼ嬢と再会して驚いた。——そして落胆した。あの可愛らしかった思い出の少女は12歳になっていた。初めて会った頃の面影は、もはや全くと言っていいほどなかった。ルイーゼ嬢は醜悪なあの襲撃者たちと同じように派手な化粧とドレス、それにむせかえるほどの香水を纏っていた。女など所詮《しょせん》、皆同じなのだと痛感した。

俺の思い出の中にあった清廉《せいれん》な少女の面影は、ガラガラと音を立てて崩れ去ったのだ。

俺を襲ってきた者たちの顔が、暗闇の中から次々と浮かぶ。男も女もいる。

(こっちへ来るな……。近づくな……。俺に触るな……!)

恐怖で体が竦む。逃げたいのに逃げられない。足が動かない。

(怖い。誰か助けて!)

声も出せずに闇の中で怯えて蹲《うずくま》っていると、どこからか仄《ほの》かにバニラの香りが漂ってきた。

俺の好きな甘い香りだ。

暗闇の中から優しい手が現れて、俺の頬を撫《な》でる。手の持ち主の姿は見えない。頬を撫でる優しい手からは、深い慈愛《じあい》が感じられる。純粋に俺を心配する気持ちが伝わってくる。なんとかその優しい手を取ろうとするが、やはり体が動かない。

それにしても、こんなに心が安らぐのは何年ぶりだろう。とても癒《いや》される。心地いい。この優しい手に身を任せたい……。

「危ないっ!」

そう言って、手を差し伸べてくれた者は誰だったのだろうか。あのとき聞こえた声からは、絶対に俺を助けたいという強い願いが伝わってきた。

少しずつ意識がはっきりとしてくる。重い瞼をゆっくりと開け、開き切らない視界から周囲の様子を探る。まだ意識がはっきりしない。何が起こったのか、すぐには思い出せない。

（ここは……保健室か？　……ああ、そういえば俺は階段から落ちたのか。あのとき誰かが手を差し伸べてくれたんだ）

さらに見渡すと、ベッドの側に誰かが座っている。一体誰だ……？　心配そうにこちらを見つめている顔には全く見覚えがない。

「君は……誰だ？」

そう尋ねると、目の前の少女は紫紺の瞳を潤ませながら、安堵した表情を浮かべ微笑む。

「私はトレンメル男爵家の娘でモニカと申します」

階段を落ちたとき手を差し伸べてくれたのは、今目の前にいるモニカという少女なのだろうか。

「トレンメル嬢……。君が私を助けてくれたのか……？」

「はい、私、アルフォンスさまが落ちるのを見て咄嗟に手を伸ばしました。それなのにちゃんとお助けできなくて申しわけありません」

トレンメル嬢が悲しそうな眼差《まなざ》しで俺の顔をじっと見る。夢の中で差し伸べられた優しい手

は、トレンメル嬢のものなのだろうか。

「いや。そうか、君が……。ここで私をずっと看《み》ていてくれたのも君？」

「はいっ、どうしても心配で、私……」

今にも泣きだしそうなトレンメル嬢に、慌てて声をかける。

「ありがとう。そうか、君だったのか……」

「どうか私のことはモニカとお呼びください」

「モニカ嬢……」

モニカ嬢の手を見る。この手が俺の頬を優しく撫でてくれたのか……。なんだか目の前の少女だけは、今までの醜悪な女たちと違うかもしれないと思えた。

だが何かが足りないような気がして、ふと気付く。モニカ嬢からは、夢の中で仄かに漂っていた甘いバニラの香りがしなかった。

◇美味しいは幸せ

放課後、製菓クラブに参加した。アルフォンス殿下が階段から落ちた日からすでに1週間が経っている。私はまだ体中のあちこちに湿布《しっぷ》を貼ったままだ。湿布は外見からは分からない。

あの日の翌日に病院で診《み》てもらったら、骨折こそしていなかったものの、体中に打撲創《だぼくそう》ができていた。落ちるときに階段の角で体を強打したのだろう。あのときは助けるのに必死で、あまり痛みを感じなかったけれど。

左手首の捻挫《ねんざ》については当分の間治らないようで、未《いま》だに包帯を巻いている。固定してなるべく動かさないようにしないといけないらしい。それでも左手首でよかったとつくづく思う。利き手だったら口紅も塗れないし、ホイッパーも持てなくなるところだった。ついでにペンも持てない。利き手じゃなくても左手が使えないから、お菓子を作るときにボウルを支えられなくて困ってしまう。

アルフォンス殿下がモニカさんと2人だけでいるところを、転落事故の翌日から学園でときどき見かけるようになった。

あの日、保健室に養護教諭が戻ってきて私が帰宅したあと、アルフォンス殿下とモニカさんはいい雰囲気になったんじゃないかと思う。なぜならアルフォンス殿下がモニカさんに対して、若干ぎこちなくはあるものの優しい笑顔を見せているからだ。いつもの貼りつけたような笑顔よりも優しそうに見える。

王家からの処罰《しょばつ》を恐れているからなのか、いつもアルフォンス殿下に迫っていた婚約者候補の令嬢たちは、今は近づかないようだ。間接的とはいえ、結果的に王太子を階段の上から突き落とした事実に変わりはない。その責任から逃れるために、今はできるだけ王家との関わりを避けたいのだろう。

（殿下とモニカさんは仲よくなっていくのかしら……）

ついそんな想像が浮かんで悶々としてしまう。怖くて、アルフォンス殿下とモニカさんの仲についてオスカーに聞けずにいる。仮に上手くいっていたら、それならそれで婚約者に選ばれずに済むのだからいいじゃないかと、頭では分かっている。

上手くいってほしい、ほしくない。２つの相反する気持ちが反発しあって、じれじれしてしまうのだ。そんなときこそ大好きなことに没頭するべきだと思った。現実逃避なのかもしれないけれど、没頭することで心が軽くなるのだ。

「今日は好きなものを作っていいそうよ。うちの班は何にする？」

カミラが明るい笑顔で尋ねる。製菓班の皆は、うーん、うーんとすごく悩んでいるようだ。だったら……。

「ねえ、よかったら『さくさくクッキー』作らない？」

「「「さくさくクッキー？」」」

屋敷で初めて作ったクッキーを提案してみた。期待に満ちた皆の眼差しが一斉に私に集まる。そして次の言葉を待っているように見える。どうせ自由に作れるなら、一番得意なお菓子を皆に紹介したい。

(皆が気に入ってくれるといいな!)

皆で作ったお菓子を一緒に食べる想像をして、なんだか楽しくなってきた。

「うん。ええとね、まずバターにお砂糖を加えてね……」

そういえば左手が使えない。本当に不便だ。重労働で申しわけないけれど、バターの攪拌を交代で他の子に頑張ってもらうことにした。

常温に戻したバターでも、最初のうちはかなりの力が必要だ。卵の攪拌と違って、砂糖を入れたバターはホイッパーで擦り混ぜる感覚に近い。女子には大変な作業だ。

「勝手が悪いでしょ?　最初はバターがホイッパーの隙間に入りこんじゃうのよねぇ」

「そうだねぇ」

混ぜているうちにだんだんバターが空気を含んで白っぽいクリーム状になってくる。柔らかくなりさえすれば攪拌は楽になる。

「力仕事をさせてごめんね?」

「いいわよ、気にしないで」

カミラがニコリと笑って答えてくれた。今ちょうど攪拌係がカミラに交代したところだった。

やはり大量のバターの攪拌は並大抵の労働じゃない。

バターの攪拌が終わったあとは流石に疲れたらしく、皆腕をぶらぶらさせて筋肉をほぐしていた。どうか皆の右腕が筋肉痛になりませんようにと、心の中で祈っておく。

「次に溶いた卵をすこーしだけ入れて、完全に混ぜ合わせるの」

「ふむふむ」

クリーム状になったバターに、よく溶いた卵を少しだけ入れて完全に混ぜ合わせる。そしてまた少しだけ入れる。これを繰り返して、バターと卵を完全に混ぜ合わせるのだ。

バターと卵を混ぜ合わせるとき、焦りは絶対に禁物だ。根気よくやらないと卵液の水分でバターが分離しやすくなり、一度分離してしまうと元には戻らないのだ。ここが「さくさくクッキー」作りの一番の難所《なんしょ》となる。

「まあ、綺麗に混ざったわね」

「「やったー！」」

白っぽいクリーム色から少し黄みがかった色になった生地に、小麦粉をふるい入れて、ボウルを回転させながら、ヘラで底から返すように全体に混ぜ込む。バターに空気をしっかり含ませていれば、練りすぎない限りは大丈夫だ。

「だまがなくなって均一になるまで混ぜてね」

「はぁい」

それと今回のクッキーには……。

「アーモンドを刻んだのを入れましょう」

「アーモンド？」

「ええ、スライスしたのをさらに細く切って混ぜてみましょう。あとバニラね」

アーモンドのスライスをさらに千切りにしたものとバニラの粒を、軽く生地に混ぜ合わせる。

そして出来上がった生地をスプーンで掬って、天板の上に並べていく。結構膨れるので間を空けて、と。

「型抜きじゃないのね」

カミラが不思議そうに首を傾げながら尋ねる。

「ええ、このクッキーは生地が柔らかいから型抜きは無理なの。でもスプーン1つで形を作れるから簡単でしょ？」

「そうね」

カミラが笑いながら納得したように頷く。とはいえ、少し歯ごたえのある型抜きのクッキーも好きだ。わいわいお喋りをしながら、生地を好きな形に抜いていく作業は絶対に楽しい。

そういえば前世では、アルファベットと猫とクリスマスツリーの形のクッキー型を持っていた。それで皆で作業するのを想像するとなんだかワクワクする。型抜きのクッキーも、ぜひ作ってみたい。

生地を並べた天板をオーブンに入れて、あとはひたすら焼き上がるのを待つ。焼成が進んでくるといい香りが漂ってくる。オーブンから漂う甘い香りに、カミラが感嘆の声を上げる。

「わあ、美味しそうな匂い！　お腹が空いちゃうわ！」

「ふふ。ココアパウダーを混ぜても美味しいのよ、チョコチップとか」

「まあ！　想像しただけで堪らないわね！」

クッキーが焼き上がったようだ。オーブンから天板を取り出し、焼き上がったクッキーをお皿に載せていく。そして焼きたてのクッキーに手を伸ばす製菓班の面々から、笑顔が零れる。

「わぁっ、ふわふわ。あつっ、はふはふ。むぐむぐ……」

「どう……？」

「「美味しい！」」

熱いうちに食べるとまだ柔らかくて、クッキーというよりはプチケーキみたいな食感だ。けれど冷めると、サクっと歯ごたえの軽いクッキーになる。

「うーん、バニラの香りがいいわ。アーモンドの香ばしい風味も好き」

「ねえ、ちょっと！　熱いうちにそんなに食べたら残りが少なくなっちゃうわよ」

「えー？　だって美味しいんだもの」

各々《おのおの》が感想を口にしながら、焼けたばかりの熱いクッキーを美味しそうに頬張る。作るときも楽しいけど、食べるときはもっと楽しい。美味しいは正義だ。憂鬱な気持ちも美味しいお菓子を食べると幸せな気持ちに変わる。クッキーを冷ましている間にカミラが話しかけてくる。

「そういえば、うちのクラスに転入してきたモニカって子なんだけど」

「え？」

モニカさんの名前を聞いてドキリとする。ふと、この間の保健室でのモニカさんとのやり取りを思い出す。今はあまり思い出したくない人物だ。

「1週間前に製菓クラブに入部していたらしいの」

「ええっ⁉」

カミラの話に、思わず驚いてしまう。モニカさんが入部していたなんて初耳だ。私が入部して1週間、毎日製菓クラブに参加しているが、モニカさんの姿は一度も見た記憶がない。不思議に思ったのでカミラに尋ねてみる。

「でも、モニカさんの姿は一度も見かけていないわよ？」

「ええ、そうなの。入部はしたけど参加はしてないのよね」

「そうなんだ」

どうやらモニカさんは幽霊部員のようだ。

（確かゲームのヒロイン設定では、お菓子作りが趣味って書かれていた気がするけれど、実際には違うってこと？　転生者だからゲームの設定と違うのかしら）

カミラが肩を竦めて話を続ける。モニカさんに若干呆れているように見える。

「放課後も毎日王太子殿下にべったりだから、クラブに参加する暇なんかないいんじゃないかしら」

「なるほど」

アルフォンス殿下を攻略していたからクラブに来なかったのか。保健室で会ったとき、モニカさんはとても積極的だった。あの様子から察するに、アルフォンス殿下ルートか逆ハーレムルートを進もうとしているのだろう。

「あっ、噂をすれば……」

「えっ？」

カミラの視線のほうへ振り向くと、調理室の入口から入ってくるモニカさんの姿が見えた。入口で室内をきょろきょろと見渡し、私の姿を見つけるや否や、口角を上げた。そんなモニカさんの表情を見て嫌な予感に包まれた。

◇モニカ来襲

私の姿を見つけたモニカさんが、笑みを浮かべながらずんずんとこちらへ近づいてくる。何せ第一印象がアレだったので、モニカさんが近づいてくるのを見て一瞬体が強張《こわば》り、一体何を言われるのかと身構えてしまった。そんな私に、モニカさんが微笑みながら挨拶をしてくる。

「こんにちは」

「こんにちは。何かご用ですか？」

私がそう尋ねると、モニカさんは開き直ったように答える。

「何か用って、酷い言い草ね。私も製菓クラブの部員なんだけど？」

モニカさんがそう言ってケタケタ笑った。部員と名乗るのはまあいいとしても、もう終わる時間なんだけれどと呆れてしまう。するとモニカさんが、調理台のお皿を見て尋ねてくる。

「今日は何を作ったの？」

「クッキーよ」

「ふうん、1つちょうだい」

私が答えた途端、あっという間にモニカさんが出来上がったクッキーの1個を摘んで口に運んだ。まるでカメレオンの舌のごとき手の早さだ。貴族令嬢とは思えない所作に、製菓班の皆が唖然《あぜん》とする。親しい間柄ならまだしも、全員ほぼ初対面だというのに。

「んーっ、美味しい！」

「本当？　よかった」

モニカさんの行動はともかく、皆で作ったクッキーを褒められたのは素直に嬉しかった。感想に思わず笑みが零れてしまう。今日のクッキーは皆で作った合作だ。初めて協力し合ったお菓子作りは最高に楽しかった。今日のクラブ活動を思い出しながら、目の前のクッキーを見つめてぼんやりと感慨《かんがい》に耽る。

「ねえ、このクッキー、いくつかちょうだい？」

「えっ!?」

モニカさんの言葉に、思わず驚いて目を見開いてしまった。当然ながらモニカさんの願いには即答できない。なぜならモニカさんが目をつけたのは、皆で作ったクッキーだからだ。

「ねえ、モニカさん？　貴女、自己紹介もせずに好き勝手なことを言い過ぎじゃない？」

モニカさんの言動を見かねたカミラが腰に手を当てて窘《たしな》めるも、本人はどこ吹く風といった感じで笑みを浮かべている。乙女ゲームの知識を持った転生者だからなのか、かなり本来のヒロイン像とはかけ離れている。

（ヒロインって、もっと可憐《かれん》で優しくて控えめで家庭的なイメージだったのに。私がやってた乙女ゲームの主人公と違うよ～！）

前世で攻略したゲームの記憶を思い出して、目の前のモニカさんに酷くがっかりする。あまりにも残念すぎるモニカさんの姿に、やはりゲームの設定は転生者には無関係なんだという事実を実感する。カミラの言葉に対して、モニカさんが悪びれもせずに答える。

「あら、だって貴女は私の名前知ってるじゃない？」

「それはモニカさんが私のクラスに転入してきたからでしょう？　ここにいる製菓クラブの皆さんは貴女のことを知らなくてよ」

カミラの言葉に、モニカさんが笑いながら答える。

「私の名前はモニカよ。それじゃ、もらっていくわね」

そう言ってモニカさんは皿の上のクッキーを10個ほど鷲掴《わしづか》みにして、持っていた紙に包んだ。そしてあっという間に踵《きびす》を返して調理室から立ち去ってしまった。

あまりの予想外の行動に、不意を突かれて、誰一人モニカさんを止めることができなかった。目の前で行われた強引な行為に、その場にいた全員が唖然として固まってしまう。皆、貴族令嬢だから、モニカさんのような女性に耐性《たいせい》がないのだろう。

「……あー、後片付けを始めましょうか」

カミラの言葉で全員がはっと我に返り、後片付けを始めた。モニカさんが転生者という事実

を知ってからは、ある程度は覚悟していた。とはいえモニカさんも、この世界に生まれたときから貴族令嬢だったはずだ。貴族の家に生まれて礼儀作法《れいぎさほう》を知らないなんて、本来ならあるはずがない。その結果のあの言動を考えると、モニカさんに関してはどうしても残念な感想しか湧かない。後片付けが済んだあと、カミラに声をかけられる。

「ルイーゼ、ちょっといい？」

「え、なあに？」

「ここに座って」

カミラが調理台の側の椅子に座り、隣の椅子の座面をぽんぽんと叩いた。カミラに促《うなが》されるまま隣にちょこんと座る。そしてカミラの顔を覗き込むように見る。

「どうしたの？」

「ルイーゼ、その左手首の捻挫、本当に転んだだけなの？」

「えっ、どうして⁉」

カミラの言葉に驚いてしまった。何か怪我《けが》の原因を疑われるような言動でもしてしまっただろうか。

「私、今日クラスで他の令嬢から聞いたの。貴女が怪我をしてきた前日、王太子殿下が階段から落ちたのを見たって。そのとき、殿下を助けようとした令嬢がいたって。それって貴女じゃないの？」

「えっ、ち、違うわ。モニカさんじゃないの？」

焦って否定するも、カミラは大きな溜息を吐いて首を左右に振る。

「令嬢の顔はよく見えなかったけれど、金髪の立派な縦ロールを靡《なび》かせてたって……」

「……」

うん、そりゃ目立つよね。だってネオンサインが歩いてるようなものだもの。

「縦ロールの令嬢はたくさんいるわ。でも立派な縦ロールって聞いて、私貴女のことを真っ先に思い浮かべたわ」

「……」

返す言葉もない。ゆるふわのモニカじゃないことだけは、はっきりと分かることだろう。

「貴女の怪我、殿下を助けるために負ったものじゃないの？」

その言葉を否定も肯定もしないままに、両手を合わせてカミラに懇願《こんがん》する。

「カミラ……誰にも言わないで。お願い」

「私が言わなくても、多分たくさんの人が立派な縦ロールが殿下を助けたのを見ていると思うけれど」

お願いポーズをする私にカミラは呆れたように答えた。立派を連呼されると恥ずかしいけれど、事実だから否定のしようがない。それにいつの間にか、縦ロールが主語になっている……。

「そういえばクレーマン侯爵令嬢っていったら、王太子殿下の婚約者候補じゃないの？」

「ええ、まあ」

「ごめんなさい、今まで気付かなかったわ。そうだったのね。だったら『私が助けました』って殿下に名乗りを上げたら、婚約者に選ばれるんじゃない？」

「ええと、それは……」

それには深い事情があるんです！　――そんな言葉が出かかるほど、いっそ全てを打ち明けてしまいたい衝動《しょうどう》に駆られてしまった。けれど事情を話すには前世のことも打ち明けなくてはならない。すぐに信じてもらえる自信がないし、おかしな子なんて思われたらどうしようと想像する。もしカミラにそんなふうに思われてしまったら悲しくなる。

「私、殿下の婚約者に選ばれないように頑張ってるの。理由は言えないけれど」

観念して、当たり障《さわ》りのない程度にカミラに心の内を告げた。

「え、もしかしてその見た目って、婚約者に選ばれないためなの……？」

カミラの問いかけに大きく頷いた。察しがよくて何よりだ。やはりこのケバい格好がマイナスの印象しか与えないことは、世界中で私以外の全員が知っていたようだ。

「理由は聞かないでほしいの。殿下のことが嫌いなわけじゃない。むしろ大切に思っているわ。

でもどうしても殿下の婚約者になりたくないの」

両手を胸の前で組みながら切々と訴えると、カミラに気遣わしげな眼差しで見つめられる。

「そうなの……。分かったわ。これ以上は聞かない。だけど、あのモニカさんが殿下に関わってるみたいだし、もし嫌がらせとかをされたらすぐに相談してね」

友だちにこんな優しい言葉をかけられたのは初めてかも……。

「カミラ……」

「私は誰にも言わないから。もし話してもいいって思ったら理由を教えてね」

カミラがニコリと笑ってそう言ってくれた。さり気ない優しさに感激して、思わず涙が溢《あふ》れてしまいそうになる。つらいのを我慢するときよりも、優しくされるほうが涙は出てくるものなんだなとつくづく感じる。

「うん、ありがとう……」

涙を堪えながらカミラの手を取って、大きく頷いた。そういえば、モニカが逆ハーレムルートに進もうとしているのなら……。

（オスカーは大丈夫かしら……）

オスカーに忍び寄る肉食獣を想像してしまって、不安が大きくなってきた。

4章　学園の貴公子たち

◇魔術師ギルベルト

モニカさんにクッキーを強奪《ごうだつ》された翌日の昼休み。食事を終えたあと、私は学園の中庭にオスカーを呼び出した。

「どうしたんですか？　珍しいですね。姉上が僕を呼び出すなんて」

私と同じ蜂蜜色の金髪が、中庭を吹くそよ風に揺れて頬にかかっている。私に向けられたエメラルドグリーンの瞳が、好奇心できらきらしている。

「うん、モニカさんのことなんだけど」

「ああ、転入生の？」

「もう会ったの!?」

オスカーはすでにモニカさんと接触済みだったようだ。モニカさんはアルフォンス殿下の側にいるようだから、接触するのは当たり前といえば当たり前か。

私の問いに、オスカーは黒い――もとい、無邪気《むじゃき》な笑顔を浮かべつつ答える。

「ええ、会いましたよ。殿下が側にいるのに僕にも上目遣いで……まあ、何を考えているのか分かりやすい人でしたね」

「そう……。ということは、逆ハーレムルートでも狙《ねら》っているのかしらね」

考察してみる。アルフォンス殿下とモニカさんがくっつくのは吝《やぶさ》かではないが、この先の未来では、私だけでなくアルフォンス殿下にも幸せになってほしいのだ。

そう考えると、ハーレムを狙って攻略対象者全員と仲よくしようとするモニカさんの姿勢はいかがなものか。かといって、2人の恋愛の行方は、私の意思でどうにかなるものではないけれど。

今の言葉を聞く限り、オスカーはモニカさんの本性《ほんしょう》を冷静に見極めているようなので襲われる危険はないだろう。

「僕が懐柔《かいじゅう》されることはないのでご安心ください。ああいった打算的で腹黒い女性は苦手なんです。姉上に予め話を聞いていなくても、なんというか目が……」

「目が？」

何かを思い出しているように、顎に手を当て一点を見つめたままオスカーが話を続ける。

「ギラギラしているんですよね。まるで肉食獣みたいです」

「そう、ね……」

そりゃあ、中身が典型的な肉食女子だから。モニカさんはもう少し取り繕《つくろ》うとかしないと、オスカーには本性がばれちゃってる。そういえば、オスカーに聞きたいことがあった。

「オスカー、あのね、この世界に冷蔵庫……うーんと、食材を冷たいまま保管できるようなものってない？」

「食材を……？」

私の問いかけにオスカーが考え込む。実はこの世界には、生クリームでデコレーションされたケーキがない。バターが多めの素朴な焼き菓子ばかりなのだ。

チョコクリームはあるので、チョコレートに混ぜる食材として使う乳製品はあるのかもしれない。けれど、あの白くホイップした生クリームが存在しないのだ。

生クリームの保存は冷蔵庫じゃないと無理だろう。それに、ゼリーやババロアといったものもない。夏はチョコレートのお菓子も店に並ばない。熱に弱いお菓子は溶けてしまうからだろう。

前世の私が一番好きだったお菓子はイチゴのショートケーキだ。私を食べてと言わんばかりの魅惑《みわく》的なルックス。イチゴの官能的な艶々としたルビーのごとき輝き。口に入れたらほどけて溶けていくような、しっとりとしたスポンジと生クリームの絶妙なハーモニー。

とにかくもう大っっっ好きなのである。そんな生クリームの保管、ゼリー、そしてアイスクリームを作るために、冷蔵設備は必須《ひっす》だと思うのだ。

涎《よだれ》を垂《た》らさんばかりにお菓子の妄想《もうそう》に耽っていると、しばらく考え込んでいたオスカーが、はっと何かを思いついたように顔を上げて私に向き直った。

「それについては、魔道具の製作に携わっているぴったりの人物がいます」

「魔道具？」

魔道具――魔法道具だろうか。魔法は学園の授業で概念として習ったけれど、誰かが魔法を使っているところは見たことがない。

「詳しくは彼に聞いてください。僕の2つ上の先輩なんです。ちょっと変わった人ですけど……まあ大丈夫でしょう。まだ教室にいると思うので、彼を誘って資料室へ行きましょうか」

「え、ええ、ありがとう」

変わった人、という言葉に若干不安を抱きつつも、オスカーのあとについて魔道具を製作する人物の教室へと向かった。オスカーの2つ上の先輩ということは、私の1つ上の学年ということだ。先輩の教室は、オスカーの教室の2つ上のフロアにある。

教室の前に到着すると、オスカーは中へつかつかと入っていった。1人の男子生徒の前で止まり、声をかける。私はというと、なんとなくひとさまの教室には入りづらくて、入口で踏みとどまってしまった。外から中の様子を窺う。

「ギルベルトさん。ちょっと魔道具のことでご相談があるんですけど、資料室までご一緒してもらえませんか？」

「ん？　魔道具？　何、なんか思いついたのか？」

ギルベルトと呼ばれた青年が、前のめりになってオスカーに詰め寄った。1つ上のギルベルトさまは、亜麻《あま》色の癖のある背中ほどの長さの髪を、後ろで1つに括《くく》っている。銀色のフレームの眼鏡の奥からは、灰色の瞳が悪戯《いたずら》っぽくきらきらと輝いている。

ギルベルト・ローゼンハイン――ギルベルトさまはローゼンハイン侯爵家の嫡男《ちゃくなん》で、私の前世の記憶の中にある乙女ゲーム、『恋のスイーツパラダイス』の攻略対象者の1人だ。

攻略対象だけあって、女性と見紛《みまご》うほどに中性的で美しい顔立ちをしている。確か魔術師団で期待されている若手ホープという設定だったと認識していたけれど、魔道具の製作にも携わっているとは知らなかった。

どうやら話がついたようで、2人が教室から出てきた。ギルベルトさまはオスカーの連れである私の姿を、上から下まで舐《な》め回すように眺めた。そしてフンッと鼻で笑ったあと、存在を無視するかのように口を開く。

「それじゃあ、オスカー。資料室へ行こうか」

「はい。行きますよ、姉上」

「はい……」

ギルベルトさまの態度になんとなく委縮《いしゅく》してしまう。３人で資料室へと向かった。

◇冷蔵庫会議

資料室に着いてすぐに、オスカーが私をギルベルトさまに紹介する。

「僕の１つ上の姉で、名前はルイーゼです。姉上、この方が魔術師団の若手ホープ、ローゼンハイン侯爵家のギルベルトさんです」

そこでようやくギルベルトさんがこちらを見て、名を名乗る。

「ギルベルトだ」

ぶっきらぼうな自己紹介に若干嘆息しつつ、ギルベルトさまに名乗る。

「オスカーの姉のルイーゼです。いつも弟がお世話になっております。ギルベルトさま、どうぞよろしくお願いします」

「さまは要《い》らない」

「……ギルベルトさん」

やはりケバい外見のせいなのだろうか。ギルベルトさんの態度から察するに、私に対する第一印象は最悪なようだ。そう考えて心持ち萎《しお》れる私の様子に気付いたからか、オスカーがギルベルトさんについて説明する。

「あー、姉上。こんな人ですが、人間に興味がないだけなので気にしないでください。魔法バカで誰にでも不愛想《ぶあいそう》ですから。手懐《てなず》けるとそうでもないんですが」

「おい、俺は動物じゃないんだが？」

そんなギルベルトさんの抗議をよそに、オスカーは資料室の椅子にさっさと座った。

「はいはい、分かりましたから。姉上、聞きたいことがあるなら彼に聞いてください」

「ええ、分かったわ」

私はオスカーの隣に、ギルベルトさんは机を挟んで私の向かい側に座った。ギルベルトさんが座ったのを確認して魔道具の件を切り出す。

「あの……食材を冷たいまま保存できる、保冷庫のようなものは作れないでしょうか？」

「何それ詳しく」

ギルベルトさんが今までと打って変わって、灰色の瞳をきらきらと輝かせて私のほうへ身を乗り出した。

「冷たいまま、もしくは凍《こお》らせるほどの冷気を与えるものがあるともっといいです。夏でも氷を作れるような魔道具はないでしょうか？」

「氷か……」

「ええ、できれば魔法が使えない者でも使えるもので」

乗り気になったと思われるギルベルトさんを見て、嬉々《きき》として切り返した。冷気を与える魔道具が実現すれば画期《かっき》的だ。冷蔵庫や冷凍庫があれば、お菓子のレパートリーが大幅に広がる。魔道具で広がる可能性を考えるとわくわくが止まらない。

私の言葉を聞いたあと、ギルベルトさんがぶつぶつと何かを呟き始める。

「氷ということは、氷魔法の魔法陣を刻み込めばいいのか……。だが外に漏れ出さないようにするためには、壁面に断熱の防御魔法陣も刻むべきだろう。そうなると魔力コストが……」

口を挟んでいいものかどうか悩ましい。しまいにギルベルトさんは椅子から立ち上がり、何かを呟きながら机の周りをうろうろと歩き始めた。

「維持《いじ》は魔石《ませき》で行うとして、複数の魔法陣を重ねるか新たな魔法陣を構築するか……」

「あのー……」

ぶつぶつと呟くギルベルトさんに、恐る恐る話しかけてみる。

「魔力のコストを抑えるなら、箱の素材を断熱効果のあるものにしてはどうでしょうか？」

私の提案に、ぶつぶつ呟いていたギルベルトさんがはっと目を見開く。そしてぱっとこちらを注視したので、さらに言葉を続ける。

「例えば空気をたくさん含ませたウレタン……あー、えーと樹脂《じゅし》……なんて言ったらいいのかしら……」

真空の保温ボトルというものが前世の日本にはあった。ステンレスの水筒だ。あれなら保冷できるんじゃないだろうか。金属ならこの世界にもあるから、あとは真空に堪え切るほどの硬さのあるものなら、あるいは……。

「真空なら熱を通さないと思うの。金属を二重にして中を真空状態にするのよ。空気を抜くの」

「空気を抜く、か……。それならそれなりの強度のある金属でなければいけない。厚みがありすぎると金属壁自体が熱を吸収してしまい、断熱にはならないだろうからな」

ギルベルトさんは感心したように私を見て、目を瞠った。金属は薄くて熱伝導率の低いものでなくてはならない。なおかつ硬いもの。この世界にはステンレスのような合金はないかもしれないけど、その代わりに魔法がある。ギルベルトさんの意見に大きく頷いて話を続ける。

「うーん、ではガラスはどうかしら。熱伝導率は低いと思うわ。金属にこだわる必要はないもの。耐久性に難があるけど、そこは最初に魔法で補強してしまえば、薄いガラスでもいけるんじゃないかしら？」

確か前世の日本で、実家の窓は複層《ふくそう》ガラスとかいうものだった。冬でも結露《けつろ》をしなかった記憶がある。魔法瓶《びん》も多分同じ原理だ。ガラスで作るとなると結構重くなってしまうだろうけど、冷蔵庫なら据え置きだし大丈夫だろう。

「そして中に光が入らないように着色するか、さらに何かで覆ってしまえば、断熱素材の問題は解決するんじゃゃない？」


そう聞いた途端、ギルベルトさんは目をきらきらさせてガシッと私の両手を包んだ。

「ルイーゼ、君、凄いな！　女性でそういった飛躍《ひやく》的な発想をする人は少ないんだ！」

ギルベルトさんの勢いに思わずたじろいでしまう。全て前世の知識のお陰なので、なんとなく後ろめたい。

「そ、そうなの。ありがとう」

「ああ、そうだよな。うん、魔法陣を重ねればいいってもんじゃないんだ。魔力コストが高くなるからな。抑えるには素材からか……。うん、いいな」

ギルベルトさんが熱く私を見つめた。けれど恋愛的な色っぽい眼差しでないことは歴然《れきぜん》としている。なぜならギルベルトさんの頭の中は高速で回転しているようで、その考えが口から漏れ出しているからだ。

「うん、これからの課題は、魔力コストをいかに抑えて高性能な魔道具を作るかだな！　ルイーゼ、ありがとう！」

ギルベルトさんはバッと私から手を離し、その手を腰に当ててニカッと笑った。そんなギルベルトさんを見ていて、ふと湧いた疑問を思わず呟いてしまう。

「魔法ってもっと『ファイアボール』とか『アイスランス』とか、相手を攻撃するようなものを想像していたけど、違うのね」

ゲーム脳な私の言葉を聞いて、ギルベルトさんとオスカーが目を丸くした。驚かれるほど変なことを言ってしまっただろうか。RPG《ロールプレイングゲーム》でよくある用語だから言ってみただけなのだけれど。するとギルベルトさんが、私の疑問に答える。

「今の国際情勢だと戦争の兆《きざ》しはない。そういった魔法ももちろん存在するが、今の平和な時代では、魔術師の力は魔道具の製作に注がれているんだ。まあ魔力を持たない者でも使える魔法武器も作れるが……」

「そう……」

平和な時代に攻撃魔法は必要ない、か……。でも戦争の道具は作るのね。作り置きができるからかしら。そんなことを考えていると、ギルベルトさんが私ににっこり笑って話を続ける。

「だが君が教えてくれたような、生活を便利にする魔道具の発想は非常にありがたい。これが実用化したら、魔法省の財政もきっと潤うよ。量産できないから高価にはなると思うがな」

「そう、よかった」

喜んでもらえて嬉しい。そんな気持ちが溢れて笑みが零れてしまった。するとなぜか、ギルベルトさんが私を見て赤面する。その様子を見て、急にどうしたのだろうと不思議に思った。

「2人とも、そろそろお昼休みが終わりますよ。教室に戻らないと」

オスカーの声で、ギルベルトさんがはっと我に返ったように答える。

「ああ、そうだな。その保冷庫に関してはまた話をしよう。もう少し話を詰めたいしな」

「ええ、いいわよ。話を聞いてくれてありがとう」

「あ、いや……」

ニコリと笑ってお礼を言うと、再びギルベルトさんが赤くなった。ギルベルトさんの様子に首を傾げつつ、資料室を出て自分の教室へと向かった。

◇騎士ローレンツ

午後の授業を受けるべく教室へと向かう私は、いつになくうきうきとしていた。今にもスキップしそうな勢いである。

お昼休みにオスカーに紹介してもらったギルベルトさんと、魔道具についての話を進めた。

私にとっては夢のような魔道具が実現しそうな現状に、歓喜《かんき》しているのだ。

(冷蔵庫、保冷庫、冷凍庫？　なんて呼ぼうかしらね～♪)

足取りも軽やかに廊下を歩いていると、突然、進路上にモニカが立ちはだかった。突然の乱入に、酷く驚いてしまう。

(え、なになに⁉)

驚いて固まる私につかつかと近づいてきて、モニカさんがキッと睨みつける。

「ちょっと貴女！　よくも私の好感度イベントを潰してくれたわね！」

「好感度……イベント……？」

モニカさんが、相変わらず可愛らしい小動物のような目を吊《つ》り上げて抗議してくる。顔を真っ赤にして、頭から湯気を吹き出さんばかりに憤慨《ふんがい》しているようだ。

モニカさんの言葉を聞いて、なんのイベントだろうと首を傾げてしまう。思い当たるとしたら、オスカーとギルベルトさんのどちらかだろうけど、そんなイベントがあっただろうかと記憶を辿ってみる。事態を飲み込めず混乱している私に苛々したのか、さらにモニカさんが捲《まく》し立てる。

「今日の昼休み、ギルさまが図書室へ来て私に勉強を教えてくれるはずだったのよ！　そこにオスカーさまも合流する予定だったんだから！」

ああ、そんなイベントがあったようななかったような……。前世で私がゲームで攻略したのは、3周ともアルフォンス殿下オンリーだった。だからあまり他の攻略対象のイベントを覚えていないのだ。

私は、ゲーム上でもアルフォンス殿下推《お》しだった。アルフォンス殿下の神秘的なまでの美しさと、何かを憂えているような悲しげな眼差しにぐっと来たのだ。私が幸せにしてあげるわ！とばかりに鼻息を荒くして、ゲームでヒロインを操作して攻略に勤《いそ》しんだ前世が懐かしい。

攻略対象者2人への好感度アップイベントを潰してしまったとは申しわけない――とは、これっぽっちも思わなかった。昨日クッキーを強奪した罪は重いのだ。

「あら、いべんと？　が何なのかよく分からないけれど、ごめんなさい。でもモニカさんは殿下をお慕《した》いしているんじゃなくて？　あまり他の方に心を移されるのはどうかと思いますわよ」

言ってやった！　アルフォンス殿下だけを一途《いちず》に想うのなら応援もするが、逆ハーレムを狙うなら、アルフォンス殿下も、そしてオスカーも幸せにはなれない……と思う。

すると私の言葉を聞いたモニカさんが、さらに顔を真っ赤にする。怒りによるものなのか羞恥によるものなのか、よく分からない。

「とにかく！　もう私の邪魔はしないでね！」

そう言ってモニカさんはぷんすか怒りながら、踵を返して目の前から去っていった。午後の授業まであまり時間がなくて急いでいるというのに。

「やだ、遅刻しちゃうわ！」

ふと気付くと、午後の授業の時間だ。淑女《しゅくじょ》にあるまじきこととは思ったけれど、若干小走りになりながら教室へと向かった。本来真面目な私は、授業に遅刻するというのがどうしても許せない性分なのだ。

ところが少し先の角を曲がった途端、大きな壁とぶつかってしまった。ぶつかった衝撃で倒れ、まだ完治していない左手首を自分の体で下敷きにしてしまった。

「痛っ！」

左手首にとてつもない痛みが走った。包帯で固定していたが、また悪化したんじゃないだろうかと思うほどの衝撃だ。——なぜこんなところに壁が？

「君、大丈夫ですか⁉」

痛みから来る冷たい汗をこめかみに浮かべつつ、ゆっくりと声のほうを見上げる。すると、とても背の高い赤毛の男子生徒が手を差し伸べていた。

せっかくなので男子生徒の手を取り、ゆっくりと立ち上がらせてもらう。

「すみません。お怪我はありませんか？」

男子生徒が心配そうな顔をして、私の様子を窺っている。男子生徒の顔には見覚えがある。

当然、前世のゲームの記憶だ。ローレンツ・バルテル——ローレンツは王国の騎士で、騎士団長の嫡男でもある。燃えるような朱《しゅ》赤の短髪に切れ長の目。赤い髪によく合う翡翠《ひすい》の瞳が精悍《せいかん》な印象の美丈夫だ。アルフォンス殿下と同じ18歳で、このイケメンの騎士も『恋のスイーツパラダイス』の攻略対象者の1人だ。私見では脳筋《のうきん》騎士のイメージだ。

実は前世の私にとって、ローレンツはアルフォンスに次ぐ2番目の推しだった。なぜならローレンツの言葉遣いはとても丁寧で、そのギャップにちょっと萌えていたのだ。

「あの、大丈夫です。走っていたのはこちらなので。私こそごめんなさい」

悪いのは走っていた私だ。ローレンツさまに非はないので謝られることなどない。

「もしかしてその手首を痛めたのでは？」

ローレンツさまが心配そうな顔で、包帯を巻いている私の手首を見た。

(ええ、すごく痛いです。涙が出そうなほどです。でも悪いのは私です)

――などと内心思いながらも、懸命に笑顔で取り繕う。

「大丈夫ですわ。そんなに痛くはありません。お気遣いありがとうございます」

痛みを堪えて笑顔を作り、言葉を絞り出す。人間はあまりにも痛みが酷いと呼吸もままならないものなのだと痛感する。

そんな私の言葉を聞いてもじっと手首を見るローレンツさまの様子に、授業に完全に遅刻だわと覚悟してしまった。だからといって、彼におざなりな態度は取れない。すると突然ローレンツさまが、私の左手首にそっと触れる。

「いっ……！」

本当にそっとだったのだけれど、さっきの衝撃のせいで悪化したのか、とてつもない痛みが走った。腫れているかもしれない。ローレンツさまが苦痛に耐えるような私の反応を見て眉を顰める。そして、何かを決心したように頷いた。

「保健室へ行きましょう。さあ！」

「ひぃっ！　ちょっ、まっ……！」

ローレンツさまが突然私を横抱きに持ち上げた。いきなりお姫さま抱っこである。ちょっと待ってほしい。痛いのは手首だ。抱っこ要らない。そう思いつつも、痛くてまともに言葉が出ない。

そして抱きかかえられるときに、ちらりと視界の端で捉《とら》えてしまった。柱の陰で歯ぎしりをしながら、般若《はんにゃ》のごとき凄い形相でこちらを睨んでいるモニカさんの姿を。

すでに授業が始まった時刻で、誰かとすれ違うことはなかった。廊下は閑散《かんさん》として静かだ。その状況に心から安堵する。なぜなら未婚の貴族令嬢にも関わらず、若い男性にお姫さま抱っこされている状態を他人に見られるのは恥ずかしいし、外聞も悪いからだ。

ローレンツさまを見上げるとその表情は真剣そのもので、甘さの欠片《かけら》も見えない。純粋に私を心配してくれているのだろう。

ローレンツというキャラクターは基本はとても紳士なのだけれど、武骨《ぶこつ》で不器用な一面があるのだ。前世の私はそんなところもなんとなく萌えポイントだと思っていた。もちろん、今世ではアルフォンス殿下一筋である。だからドキドキなんてしない。ちょっとだけしか。

それにしてもゲームのスチルでしか知らなかったので、実際にローレンツさまに会って驚いた。身長は私よりも30センチ弱は高いだろうか。私が１６５センチくらいであることを考えると、ローレンツさまの身長は１９０センチはあるようだ。かなり高い。

私を軽々と抱え上げる体躯《たいく》はがっしりと筋肉がついていて、よく鍛えられている。大胸筋《だいきょうきん》も逞《たくま》しそうで、筋肉フェチの令嬢ならひとたまりもなさそうだ。

ところで先ほどから気になっていたのだけれど、なんとなくこの学園の制服はローレンツさまには窮屈《きゅうくつ》そうに見える。サイズが合わないわけではない。そこで横抱きに運ばれながらも、ローレンツさまの姿をじっと見て違和感を覚える原因を考察してみる。

この学園の制服は暗緑色を基調としたもので、男子は白いカッターシャツの上に暗緑色のテーラードジャケットを羽織《はお》っている。ネクタイは全学年共通の真紅《しんく》だ。そしてボトムスは緑色ベースのチェック柄だ。

女子も同じくテーラードジャケットだけれど、丈は短めだ。白のブラウスの襟《えり》のカットは丸く女性らしい。襟元には真紅のリボンを結んでいる。

緑色ベースのチェックのフレアスカートは、ハイウエストで膝《ひざ》下丈だ。ちょっと太ると着られなくなってしまう罪深いデザインだ。

前世の頃から、この女子の制服のデザインが気に入っていた。清楚でとても可愛らしく見える。ゲームの中では太ることなど気にしなくてもよかったし。

こうして見ると、ローレンツさまの朱赤の髪も健康的に日焼けした肌も、暗緑色の制服にとても合っていて綺麗だ。なのになぜ違和感があるのかと考えながら、じっと襟元を見てみる。するとその原因はすぐに判明した。ローレンツさまにはネクタイがあまり似合わないのだ。なるほど、ネクタイのせいで窮屈そうに見えるのか。

そんなどうでもいいことを考えている私の体重をものともせず、ローレンツさまは女性1人を抱えたまま廊下を大股で歩き続ける。そしてあっという間に保健室へと到着した。流石は騎士だ。保健室に到着してようやく安堵の息を吐いた。

◇保健室にて

どうやら今日は養護教諭のブラント先生がちゃんと保健室にいたようだ。先生がいるのを見て、変な噂が立たずに済むと安堵の息を吐く。

ブラント先生は40歳くらいで、肩下まで伸びた癖のある茶色の髪を後ろで纏めている。少しだけぽっちゃりとした、小柄な可愛らしい女性だ。養護教諭よろしく、膝下までのコートタイプの白衣を、パンツスタイルの私服の上に纏っている。

女子を抱えたローレンツさまが突然入ってきたのを見て、先生がその優しい茶色の目を丸くした。

「あらあら、どうしたの？　まあ、ルイーゼさん！」

ブラント先生は、ローレンツさまに抱えられた私を見て驚いていた。ローレンツさまは真っ直ぐベッドへ向かい、ゆっくりと静かに私を降ろす。私はというと、ようやく降ろしてもらえた状況に安堵した。

「あ……」

お礼を言うために口を開こうとすると、私が話す前にローレンツさまが笑顔を浮かべながら胸に手を当て、ゆっくりと話し始めた。

「貴女はルイーゼ嬢とおっしゃるのですね。申し遅れました。私はバルテル伯爵家の長男でローレンツと申します」

「私はルイーゼ・クレーマンです。保健室へ連れてきていただいてありがとうございました」

「いえ、当然のことです。怪我をさせてしまって申しわけありません」

ローレンツさまが申しわけなさそうに眉尻を下げた。そしてすぐにブラント先生のほうへ向き直り、状況の説明を始める。翡翠の瞳が不安げに揺れている。

「廊下で私とぶつかったときの衝撃で、ルイーゼ嬢が手首を痛めてしまったようなのです。どうか診てもらえないでしょうか？」

「あらあら、まあまあ！」

ローレンツさまの言葉を聞いて、ブラント先生は再び驚きで目を丸くする。そして私の側に歩み寄った。

ブラント先生が私の手首を診るのを、ローレンツさまは心配そうに見守っている。先生が私の手首に包帯の上からそっと触れ、大きな溜息を吐いた。

「手首が熱を持ってるわ。これは捻挫ね。いつ怪我をしたの？」

「1週間くらい前です」

恐る恐るそう答えると、ブラント先生が困ったように嘆息した。

「そう……悪化したのかもしれないわね」

なんとなくブラント先生に対して後ろめたい。というのも、1週間前にアルフォンス殿下を保健室に連れてきたとき、先生と入れ違いですぐに家へ帰ってしまったからだ。

先生が戻ってきて、アルフォンス殿下の側で治療されたりしたら、自分が助けたとばれてしまうと焦っていたのだ。

思えば、先生が戻ってきたときにすぐ捻挫を治療してもらっていたら、痛みが激しくなるほど悪化しなかったかもしれない。

患部を診終わったブラント先生が、私の手首からゆっくりと手を離し、眉を顰めつつ話を続ける。

「ちゃんと冷やしたほうがいいわね。動かさないのが一番いいわ。それに、顔色も少し悪いわ。痛みのせいで貧血を起こしたのかもしれないわね。しばらく休んでから、今日はもうおうちへ帰りなさい。冷やすものを持ってくるわ」

「はい……」

ブラント先生は私の側を離れた。顔色が悪いのは、多分痛みのせいだろう。頭が冷たくなっている気がするのも痛みのせいだ。

先生やローレンツさまに心配をかけて申しわけない。せっかく治りかけていたのにまた悪化させてしまうとは……全くもって自業自得だ。

(どんなに急いでいても、廊下、走っちゃダメ、絶対！)

後悔先に立たず、だ。ブラント先生との会話を聞いて、居心地が悪そうに様子を見守っていたローレンツさまが口を開く。

「私がご自宅までお送りしましょう。貴女をこのままにはしておけません」

ローレンツさまの申し出に驚いてしまう。なんて返答していいものか、困ってしまった。

どう断ったらいいだろう。ローレンツさまは下心なく純粋に心配してくれている。それは分かるのだけれど、嫁入り前の貴族令嬢が若い男性と2人きりになる状況をたびたび作るのはどうかと思う。ここは申しわけないけど遠慮させてもらおう。

「バルテルさま、私」

「ローレンツと」

突然言葉を遮《さえぎ》られる。どうやら名前で呼んでほしいようだ。ローレンツさまがまるで懇願するような表情を浮かべる。そして私の言葉を待っているようだ。

「……ローレンツさま、私は大丈夫ですわ。弟もおりますし、屋敷の馬車もありますので1人でも帰れます。でも貴方のお気遣いには本当に感謝していますわ。ありがとうございます」

「しかしっ」

ローレンツさまが何かを言いかけようとしたとき、ブラント先生が戻ってきた。洗面器と濡れタオルを手にしている。冷たい水で冷やしたら手首の痛みも引くだろうか。

先生は戻ってくるまでの間に、ローレンツさまとの会話を聞いていたのだろう。さらに言いつのろうとするローレンツさまを、横から窘める。

「ローレンツ君、未婚の貴族令嬢と2人きりになるのは、相手の女性にとってはよくないことなのよ？　本当にルイーゼさんのことを気遣うのならここは引きなさい。だけど先生は、君のそういう優しいところをとてもいいと思うわ」

そう言って、先生がローレンツさまに優しく微笑んだ。

「はい、分かりました」

がっくり肩を落としたローレンツさまが、伏し目がちに俯いた。渋々ながらも諦めてくれるようだ。

ローレンツさまの様子を見てブラント先生は目を細めて笑みを浮かべ、ゆっくりと頷く。親切で言ってくれている気持ちが分かるだけに、とても断りづらかった。先生ナイスです。

「ルイーゼ嬢、もし何か不便なことがあったら、いつでも私に言ってください」

ローレンツさまがこちらへ向き直り、切々と訴える。翡翠の瞳が不安そうに揺れる。責任を感じているのだろう。悪いのはこちらなのに、かえって申しわけない気持ちになってしまう。

「ありがとうございます。そのときはぜひお言葉に甘えさせていただきますね」

そう言ってにこりと笑いかけると、ローレンツさまはようやく安堵したように息を吐いた。

「それではお大事になさってください。私はこれで失礼します」

ローレンツさまはそう言って微笑み、騎士の敬礼《けいれい》をしたあと保健室から出ていった。その態度を見て、本当に優しくて真面目な人だと思った。私のケバい外見を見て眉を顰めるようなこともなかったし。

ローレンツさまが去ったあと、ブラント先生が左手首の捻挫に治療を施してくれた。治療が済んで先生が離れたあと、ベッドに横になって仰向けに天井を見ながら、ふと思い出す。

先ほど見かけたモニカさんは、私とローレンツさまの様子に歯噛みして悔しがっていたようだった。凄い目で睨んでいた。

（どうやらまた知らない間に、モニカさんの好感度アップイベントを潰してしまったみたいね。オスカーとギルベルトさんとローレンツさまか。今度会ったら何を言われるやら……）

たった1日で、私はことごとくモニカさんの好感度アップイベントを潰したらしい。

（でもこれで、モニカさんが殿下一筋になってくれたらいいのだけれど。というか、最初から殿下を一途に想う子だったら応援したかもしれないのに）

しばらく横になっていたが、モニカさんの報復《ほうふく》が怖くて微睡むことはできなかった。そして気分がよくなるまで、ぼんやりとこれからどうすべきかを考えた。

5章　それぞれの駆け引き

◇転生ヒロイン

「私の名前はモニカよ。それじゃ、もらっていくわね」

とりあえずヒロインだから製菓クラブに入部したけど、お菓子作りなんて面倒臭くて一度も参加したことなんてなかった。いい匂いがしたから調理室へ入ってみたら美味しそうなクッキーを作ってて、ついつい手が出ちゃった。それにしても快く譲ってもらえてよかった。

「所属しているクラブの部員が作ったんだから、私が作ったってことにしても間違いではないわよね」

逸《はや》る気持ちを抑えつつ、うきうきとアルさまの教室へ急ぐ。

「さっき食べたら美味しかったわぁ。このクッキーなら、きっとアルさまも気に入ってくれる。フフッ」

製菓クラブの部員たちが快くクッキーをくれたお陰で、いいアイテムが手に入った。

そういえば、あのルイーゼというケバい令嬢は、確かアルさまの婚約者候補だ。もうしばらくすると王太子の婚約者になるはず。でも所詮は悪役令嬢。早々に退場してもらうことにしよう。

「私が来たからには、アルさまに真実の愛を教えてあげるの。ルイーゼに対しては婚約破棄してもらうわ。そして私は安定の王妃生活。ドレスも宝石も好きに買える。だって王妃って国中の女性の頂点じゃない？　ウフフ、楽しみ」

廊下を歩きながらアルさまとの幸せな未来を考えると、うっとりして自然と口角が上がってきてしまう。

「素敵な王子さまと結婚して王妃さまになるのよ。アルさまだけに絞ってもよかったんだけど、他のイケメンも捨てがたいのよね～。というか、イケメンが私以外の女のほうを向くなんて、なんか癪《しゃく》に障るし」

私が前世を思い出したのは5歳のときだ。前世では日本の女子高生だった。夜遊びしていて深夜にコンビニの前で車にはねられてしまった……のだと思う。

死んだ瞬間の出来事はよく覚えていない。二股《ふたまた》していたのが彼氏たちにばれて、目の前で喧《けん》嘩《か》が始まった。彼氏の1人の腕が私に当たって、その衝撃で道路に飛び出してしまったのだ。本当はもっと彼氏がいたのだけど、真実は永久に闇に葬られたはずだ。多分。

5歳で記憶が蘇ったとき、前世の人生に対する後悔などは全くなかった。むしろ前世で楽しんでいた乙女ゲーム『恋のスイーツパラダイス』のヒロインに生まれ変わったと知って、歓喜した。

これが悪役令嬢だったらどうしようって思ったかもしれないけど、私が生まれ変わったのはゲームの主人公だ。イケメンが選び放題でより取り見取りなのだ。嬉しくないはずがない。

5歳にして前世の記憶が蘇ってゲームのヒロインだと自覚した私には、自分が可愛らしく生まれた認識もあった。どんな仕草をすれば可愛がられるかという手段も、よく理解していた。

両親はそんな私を、目に入れても痛くないほどに可愛がってくれた。私以外の全ての者が自分よりも下に思えた。この世で私が一番可愛くて美しい。――そう思いながら育った。

この学園に転入して、初めて生《なま》アルフォンスを見たときは強い衝撃を受けた。なんてイケメンなんだろうと。前世の頃からゲームのスチルで知ってはいたけど、実物を目にすると、アルさまの美貌《びぼう》の破壊力は半端じゃなかった。

癖のある肩までの銀髪にアメジストの瞳。身長は180センチくらいで十分高い上に、細マッチョの超絶美男子だ。憂いを秘めた眼差しが堪らない。

そんなアルさまを見て、絶対にモノにしてやると心に決めた。なんせ前世の頃から今に至るまで、私に落ちない男などいるはずはないのだから。

ところが転入の日の放課後、アルさまとの出会いイベントに喜び勇んで向かおうとしたら、行儀作法が悪いと先生に叱られて階段に到着するのが遅れてしまった。そしてまんまとルイーゼという悪役令嬢にイベントを潰されたのだ。

それでもアルさまはヒロインである私のもの。きらきらした未来を想像しながら学舎の廊下を歩くうちに、アルさまの教室に到着した。そしてゆっくりと教室の入口から確かめる。

(アルさまは家庭的で優しくて可愛い女性が好きなのよね)

教室の中を覗くと、アルさまが教室の窓際に凭《もた》れかかっている。すぐ側にオスカーさまもいる。2人は何か話しているみたい。さり気なく教室に入ってアルさまに近づいてみよう。せっかくだからオスカーさまにもアピールしちゃえ。

それにしてもラッキーだった。出会いイベントの階段からアルさまが落ちて以来、邪魔な取り巻き令嬢たちがいなくなって、アルさまに近づきやすくなったのだから。

アルさまは私に助けてもらったと思っていて、ルイーゼが何も言わなければ、ばれたりはしない。私はアルさまに近づいて、恐る恐るというふうに声をかける。

「あの、アルフォンスさま。少しお時間をいただいてもよろしいですか?」

「いいよ。何かな?」

話しかける私に妖艶《ようえん》に微笑みながら、アルさまが答えてくれた。オスカーさまは私が話しかける様子をじっと見守っている。あとでオスカーさまともお喋りしよう。

「ありがとうございます！　これ、製菓クラブで私が作ったんです。粗末なもので恥ずかしいのですけれど、よかったら召し上がっていただけませんか？」

慎《つつ》ましやかにクッキーの包みを差し出して、アルさまの顔を上目遣いでちらりと見る。なるべく恥ずかしそうに見えるよう意識するのを忘れない。

「へえ、モニカ嬢は器用なんだね。だけどごめんね。特定の者が作ったもの以外は食べないように言われているんだ」

困ったような苦笑いの表情で、申しわけなさそうに断られてしまった。

「ええ、そんな……」

あからさまに肩を落としてみせる。涙で目を潤ませてアルさまの顔をちらりと窺う。けれど困ったような笑顔を浮かべているだけだ。萎れた様子を見せても、特に反応は変わらないみたい。

うう、涙が出そう。もしかしてオスカーさまも食べてくれないのかしら。ちらりとオスカーさまの顔を上目遣いで見てみる。するとオスカーさまが大きな溜息を吐いた。

「仕方ないですね。僕がいただきましょう。それでいいですか？　モニカ嬢」

オスカーさまの言葉を聞いて、心の中でよっしゃー！　とばかりに拳を握る。嬉しい申し出にぱぁっと笑みを浮かべて答える。

「もちろんですわ……。一生懸命作ったので嬉しいです……」

そう言ってもじもじしながらクッキーの包みを開いて、おずおずとオスカーさまに差し出す。

するとオスカーさまが、差し出されたクッキーの1つを摘んで口に運んだ。

「っ……！」

オスカーさまが驚いたように目を瞠り、固まってしまった。

（そんなに美味しかったの？　きゃっ、嬉しいっ！　これで好感度がぐんとアップするわね）

きょとんと首を傾げて、期待に胸を膨らませながらオスカーさまの言葉を待つ。褒められると期待して、思わず口角が上がってしまう。そんな私の様子を見てようやくオスカーさまが口を開いた。

「これは……えーと……」

オスカーさまが困惑したように目を泳がせ、なぜか言葉を詰まらせている。もしかして不味《まず》かったのかしら。クッキーの中にハズレクッキーとかがあったとか？　オスカーさまの態度を見て急に不安になってしまった。

「どうしたの？」

言葉を詰まらせるオスカーさまに、アルさまが首を傾げた。オスカーさまの態度を不審に思ったみたい。

するとオスカーさまはいつもの平静さを取り戻して、私からゆっくりとクッキーの包みを取り上げた。行動の意味がよく分からなくて、なんとなくそのままクッキーを渡してしまう。

「とても美味しいです。気に入りましたので、このクッキーは僕がいただきますね」

オスカーさまはそう言って、さり気なくクッキーの包みを懐《ふところ》に入れようとした。

(気に入ったですって！　嬉しい！)

オスカーさまの言葉を聞いて、私は内心ほくそ笑んだ。嬉しくなって返事をしようとしたところで、突然ガシッとアルさまの手がオスカーさまの腕を掴んだ。

「オスカー？　どうしたの？」

アルさまがニッコリと笑ってオスカーさまに問いかけた。笑っているのに目が笑っていないように見える。きっと思い過ごしだろうけど。

「いいえ、殿下。どうもしません。気に入ったのでもらっただけです」

オスカーさまが同じように、ニコリと笑った。

「そんなことないよね。だって君の態度がおかしいもの。それ見せて」

そう言ってアルさまが片手を差し出して、クッキーを渡すように要求した。どうやら引く気はないみたい。なんだか2人とも笑っているのに、冷ややかな空気が漂っている気がする。

でもそれは気のせいだ。きっと2人で私を取り合っているのだ。少しの間、アルさまとオスカーさまの冷たい視線が交差する。

（私のお菓子を取り合ってるの？　それとも私のことを？　きゃっ、恥ずかしいっ）

私のために争ってくれているみたいで嬉しい。ぽっと顔を赤らめてみる。わざと赤面する技術は子供の頃からの得意技だ。ちなみに涙を浮かべるのも得意だ。

けれど２人は争うことに夢中で、肝心の私を忘れているみたい。２人の目に入っていないことに気付いて思わず肩を落としてしまう。残念。

「殿下に職人以外の手による飲食物をお渡しすることは許されていません。もし破ったら陛下に怒られますから」

オスカーさまも引かない。アルさまの要求を淡々と拒否した。

「それは毒や媚薬《びやく》なんかの混ぜ物を警戒《けいかい》してのことだから。君、今食べて平気だっただろう？」

アルさまがそう詰め寄ると、オスカーさまが一瞬、間をおいてお腹を押さえた。

「あっ、お腹が……」

――オスカーさま、それは……。

流石に今のはちょっとわざとらしすぎると思う。オスカーさまって結構面白い子なのかもしれない。そんなことを考えていると、アルさまが冷たい笑みを崩さないまま、手を差し出してオスカーさまの名を呼ぶ。

「オスカー……？」

アルさまは冷ややかな声でオスカーさまに命令する。

「渡して」

「……」

（ああん、Ｓっぽいアルさまも素敵……）

アルさまの冷たい眼差しを見てゾクゾクっとしてしまう。命令されてしまえばオスカーさまも逆らえないみたいで、懐にしまった私のクッキーを渋々渡した。

アルさまはクッキーを受け取って包みを開け、１個摘んで口へ運ぶ。オスカーさまはアルさまから顔を背《そむ》けている。なんだかやらかしたという表情を浮かべているように、私からは見える。

一体どうしたのだろう。オスカーさまの表情の意味が分からず、頬に手を当てて、こてんと首を傾げる。

アルさまが口に運んだクッキーをもぐもぐと咀嚼《そしゃく》する。ゴクンと飲み込んだあとその余韻を味わうかのように一息置いて、私ににっこりと微笑んだ。アルさまの微笑は今まで見たことがないほどの美しさだった。

「……美味しいね。アーモンドが香ばしくて俺は好きだな。オスカーもこれを隠すなんて欲張りだね」

アルさまの言葉を聞いて、私は嬉しくなってしまった。だって駄目かと思っていたのに食べてもらえたのだ。ラッキーだった。クッキーを食べてもらえたことで、アルさまの好感度は飛躍的にアップしたと思う。クッキーをもらってきて本当によかった。

一方オスカーさまは、嬉しそうなアルさまを見て、胸に手を当てて安堵したような表情を浮かべている。

「モニカ嬢は本当に家庭的な子だね。君が作ったクッキーはとても美味しいよ」

天使か悪魔かというような蠱惑《こわく》的な笑みを向けられて、私は腰が砕けそうになった。

「そんな……嬉しいです。私なんかの作ったものをそんなに褒めていただけるなんてっ」

赤くなって両手を頬に当て、もじもじと体を捩った。そしてちらりと上目遣いでアルさまを見る。すると相変わらず私を優しい笑顔で見つめている。

（はぁっ……なんて色っぽいのかしら。もうターゲットをアルさまだけに絞ってもいいかもぉ）

もう大満足だ。これで幸せな王妃の未来は約束されたようなもの。アルさまの笑顔を見たとき、あの悪役令嬢ルイーゼに勝ったと思った。私はアルさまの心を自分のものにできたと確信した。

◇好感度イベント

「今日の午前中、アルさまに、お昼は用事があるから会えないって言われちゃったのよね。昨日の放課後はあんなに好感触だったのにぃ」

アルさまにクッキーを食べてもらった翌日、私は教室の席で1人黙々と考え込んでいた。クッキーを食べてもらえたとき、ヒロインである私の好感度はアップしたはずだ。だから今日のランチタイムで、アルさまにさらに近づくことができると予想していたのだ。

「会えない時間が愛を育てるっていう歌もあったじゃない。きっとアルさまは私とランチしたいのを我慢してるんだわ。はっ！　もしかして引いてみる作戦なのかしら？　そんな駆け引きをしなくても、私はアルさまのものなのに～」

そんな妄想を繰り広げながらも、なんだか不安が拭えない。だから他の攻略対象の好感度も上げようかと思う。もし、万が一、絶対にないと思うけど、アルさまを落とせなかった場合、他の攻略対象の好感度も上げておかないとまずい。

そういえば――攻略対象である魔術師のギルさまと騎士のローレンツさま、そして宰相補佐のオスカーさまのことを思い出す。

オスカーさまには昨日クッキーをあげて、好感度が上がったと思う。前世でやったゲームと違って、パラメータが確認できないからちょっとだけ不安だけれど。

もうすぐ学園内でテストがある。テスト1週間前の今日、ギルさまとオスカーさまの好感度を同時に上げられるイベントがあったはずだ。

それは確か、こんなイベントだった――。


お昼休み、図書館で勉強していて問題が解けなくなったモニカに、ギルベルトが優しく声をかける。

『どうした？　こんな問題も解けないのか？』

『え、ギルベルトさまなら解けるっていうんですか？』

少し怒ったように上目遣いで睨むモニカに、ギルベルトがゆっくりと近づく。

『ここはな、こうするんだ』

モニカの背中から覆い被さるようにペンを取り上げ、難しい問題を解くギルベルト。

『え、凄い……こんな解き方があったなんて』

『ふっ。モニカは素直だな。ほら、この問題も……』

次々に解き方を教えてくれるギルベルトをうっとりと見つめるモニカ。それに気付いたギルベルトが、モニカを見てにこりと微笑む。そのまましばし見つめ合う。

ところがそこへ突然オスカーがやってくる。まるでギルベルトとモニカの中に割って入るように、モニカの隣に座る。

『歴史は僕が教えてあげるよ、モニカ』

『え、いいの？　ありがとう、オスカーくん』

するとギルベルトがモニカを挟んでオスカーに言う。

『お手並み拝見と行こうか、オスカー』

『貴方には負けませんよ、ギルベルトさん』

『んもう。2人とも仲よくしてくれないと、私、悲しくなっちゃう……』

ぷうっと頬を膨らませるモニカに、2人は優しく微笑む。そしてモニカはギルベルトに「撫でポ」される。


――と、そんなイベントだ。脚本がちょっと陳腐《ちんぷ》な気もするけれど、『恋のスイーツパラダイス』というゲームは、あらゆる萌えが詰まっていたと思う。イケメンそれぞれの雰囲気や外見が堪らなく魅力的なのだった。

『恋パラ』のキャラクターを妄想しながら、図書館へ向かうべく教室を出た。ところが図書館で勉強を始めるも、いくら待ってもギルさまが来ない。ギルさまだけでなく、オスカーさまも来ない。これは……。

（一体どういうことなの!?　イベントは今日で間違いなかったはずなんだけど！）

あと15分でお昼休みは終わってしまう。授業に遅れるとまた先生に叱られるので、仕方なく席を立った。そしてなんとなく図書室の窓から、向かい側にある学舎の資料室の窓を見た。

窓の向こうをよく見ると、部屋の中にギルさまとオスカーさま、そして悪役令嬢ルイーゼの姿が見えた。２人と一緒にいるルイーゼの姿を見て言い知れぬ憤りを覚える。

（どういうこと!?　あの女、アルさまとの出会いイベントだけじゃなくて、他の攻略対象者とのイベントも潰す気なの!?）

どうにも怒りを抑え切れず、向かい側の学舎へ向かおうと急いで図書室を出た。歩きながら次第に頭に血が上ってくる。

（皆が私を好きじゃないといけないのに！）

そんなことを考えながら向かいの学舎へ、つかつかと廊下を歩いた。そして角を曲がったとき、ルイーゼの姿を見つけることができた。うきうきと嬉しそうに歩いている、いけ好かない悪役令嬢ルイーゼの前に、私は立ちはだかった。

――今度という今度は許さないんだから！

「ちょっと貴女！　よくも私の好感度イベントを潰してくれたわね！」

キッと睨みつけてそう言ってやると、ルイーゼは立ち止まって、なんのことだろうと言わんばかりに首を傾げる。

「好感度……イベント……？」

とぼけたって無駄なんだから！　アルさまとの出会いイベントから立て続けに、好感度アップのイベントまで潰すなんて許さない！

追及の手を緩めるわけにはいかない。さらにルイーゼに詰め寄る。

「今日の昼休み、ギルさまが図書館へ来て私に勉強を教えてくれるはずだったのよ！　そこにオスカーさまも合流する予定だったんだから！」

いくら追及しても、ルイーゼはきょとんとしている。その様子を見て若干疑問に思った。

（本当にわざとじゃないのかしら？　まあ転生者でもない限り、イベントとか言われても分からないわよね）

するとルイーゼは、何を言われているか分からないといったふうに平然と答える。

「あら、いべんと？　が何なのかよく分からないけれど、ごめんなさい。でもモニカさんは殿下をお慕いしているんじゃなくて？　あまり他の方に心を移されるのはどうかと思いますわよ」

ルイーゼにそう言われて再びカチンと来る。アルさまと会えないから他の攻略者のイベントをこなそうと思っているのに。

忙しいのか、今はアルさまとは何かの理由があって会えないだけなのだ。本命はアルさまなのだから、浮気者みたいに言うのはやめてほしい。

「とにかく！　もう私の邪魔はしないでね！」

これ以上顔も見たくなくて、つんとそっぽを向いてルイーゼの前から立ち去った。本当はこんな女に関わっている時間なんてないのに。なぜなら今日は廊下で、もう1人の攻略対象者である騎士のローレンツさまとの出会いイベントがあるからだ。

「昼休みの終わり、ぎりぎりにあの廊下の角で……あれ、どこの角だっけ……？」

あちらこちらの似たような場所を行ったり来たりしながら、廊下をうろうろ歩き回り、時間に遅れてしまうかもしれないと焦燥感が募る。

「ああん、このままじゃ昼休みが終わっちゃう〜。時間に遅れたら、アルさまのときみたいにイベントを逃しちゃうよ〜」

慣れない学舎を右往左往してローレンツさまの姿を探すが、どこへ行っても見つからない。さらに焦燥感が増す。どうしよう……。

「……まあ出会いイベントを逃しても、そのあとで仲よくなればいいのよね。好感度ポイントは少し遅れを取ってしまうかもしれないけれど」

授業に遅れると、また先生にこってりと絞られてしまう。そう考えて廊下を引き返し、自分の教室へと向かう。

するとと教室へ向かう途中で、どこからかドンッと大きな音が聞こえてきた。音のした方へ急いで向かうと、なんと音のしたところには、またまた悪役令嬢ルイーゼがいた。

なぜイベントの場所に、こんなにもことごとく現れるのだろうか。そしてルイーゼの前にはなんと、あんなに探して見つからなかった騎士のローレンツさまが立っていたのだ。

「君、大丈夫ですか⁉」

赤毛のイケメン騎士がそう声をかけると、ルイーゼはローレンツさまの手を取りゆっくりと立ち上がった。ルイーゼの顔色が悪いような気もするが、知ったことではない。

「すみません。お怪我はありませんか？」

ローレンツさまがルイーゼに声をかけた。心配そうな顔をしたローレンツさまと、ルイーゼが見つめ合っている。

（なんで、いつも、いつも、いつも……！）

どうして。なんで。——そんな気持ちが湧き上がる。そこにいるのは私であるべきなのに、なぜルイーゼ《悪役令嬢》なのだ。胸に収まり切らない悔しさが溢れ出して怒りへと変化する。そのまま柱の影から様子を見ていると、ルイーゼがローレンツさまに何かを言っているようだ。

「あの、大丈夫です。走っていたのはこちらなので。私こそごめんなさい」

「もしかしてその手首を痛めたのでは？」

ルイーゼを労《いた》わるローレンツさまを見て、飛び出していって縋りつきたい気持ちに駆られる。

「貴方の相手は私なのよ！」と。

「大丈夫ですわ。そんなに痛くはありません。お気遣いありがとうございます」

２人のやり取りを見ると、どうやらローレンツさまがルイーゼを気遣っているように見える。

（そんなのどうせ演技なのに！　ローレンツさまが見つめるのは私じゃないといけないのに！）

ローレンツさまがルイーゼに気遣わしげに声をかける。

「保健室へ行きましょう。さあ！」

「ひぃっ！　ちょっ、まっ……！」

目の前で繰り広げられる光景を見て、一瞬頭が真っ白になった。なんとローレンツさまがルイーゼをお姫さま抱っこしたのだ。

――信じられない！　あんなの、イケメンにお姫さま抱っこなんて、私だって一度もしてもらったことがないのに！

「許せない……。ルイーゼ、見てらっしゃい！」

怒りで頭が沸騰《ふっとう》しそうだ。悔しさのあまり歯噛みしてギッとルイーゼを睨みつける。そのとき一瞬目が合ったような気もするけど、そのままローレンツさまに抱えられてどこかへ行ってしまった。ふと気付くと、掌に爪の跡がつくほどに両手の拳を強く握りしめていた。

ローレンツさまとルイーゼを見たあと、午後の授業には結局間に合わなくて、教室に行ってからまた先生に怒られてしまった。だけど怒られたことなんて気にならないほどに、ルイーゼに対する怒りで胸がいっぱいだった。

――どうしてくれよう。

腹立たしい感情を持て余したまま、午後の授業を終えた。苛立ちのせいで、授業内容など全く頭に入ってこなかった。そして放課後になってようやく心が落ち着く。

(なんで私があんな女にやきもきしなきゃいけないのよ。だってアルさまはあんなケバい女好みじゃないし、彼の心は昨日、私ががっちり掴んだし)

そんなことを考えながら、気を取り直してアルさまの教室へと向かう。教室の前に辿り着いて入口から中を覗き込むと、アルさまが1人で窓の外を眺めていた。

(なんだか哀愁《あいしゅう》のある後ろ姿も素敵……)

アルさまの姿に見惚れながら側へ近づいていく。

「あのー、アルフォンスさま……」

そう声をかけると、私に気付いたアルさまが振り返る。私の姿を見るなりニコリと微笑んだ。

(ああ、そんな優しい笑顔も素敵……)

今日こそはさらに好感度を上げてアルさまの心を確実に掴んでみせる。そう心に決めて、恥じらいを装いながら誘ってみる。

「あのぉ、もしよろしければ、今日の夜、私の手料理を召し上がりにいらっしゃいませんか？」

すると一瞬驚いたように目を見開いたあと、アルさまは再び優しく微笑んで答える。

「ごめんね。今日の夜は用事があるんだ。それと、今からオスカーのところへ行かないといけないからまたね」

アルさまは笑顔を浮かべたまま、別れの挨拶をして立ち去っていった。アルさまの背中を見送りながら呟く。

「どぉして……？　アルさまは私を好きなはずよね？」

なぜかいろんなことが上手く噛み合わないことに呆然として、その場に立ち尽くした。それから数日間、何度会おうとしても何かしら用事があって会ってもらえない日が続いた。そうして胸の中に小さな不安の種が生まれた。

◇クッキー爆弾

モニカ嬢がクッキーを持ってきた日の翌日の放課後。教室で窓の外を眺めながら何かしら考え込んでいるアルフォンス殿下の側で、僕は前日のことを思い出して煩悶《はんもん》していた。本当に、あのときはどうしようかと思った。

教室にモニカ嬢がやってきて、クッキーをアルフォンス殿下に勧《すす》めてきた。アルフォンス殿下は城の料理人や素性の確かな職人の作ったものしか口にできず、毒味も要る。断られてしょんぼりするモニカ嬢を哀れに思って、代わりにクッキーを口にしたのだが。

モニカ嬢の差し出したクッキーを食べたときの衝撃は筆舌に尽くし難い。以前から腹黒い令嬢だとは思っていたが、自分で作ったものだと言って差し出されたクッキーは、どう見ても姉上の作ったクッキーと同じだった。アーモンドが入っているかいないかだけの違いだ。

姉上の作ったクッキーを、言うにことかいて自分の作ったクッキーだと断言するとは。あそこまで堂々とされると、いっそ清々《すがすが》しいというものだ。

だが1つ食べたあと、隣に立っていたアルフォンス殿下にこのクッキーを食べさせるのは危険だと思った。甘いものに造詣《ぞうけい》が深いアルフォンス殿下のことだ。食べてしまえば絶対に、以前僕が持ってきたクッキーと同じものだと気付かれると予想できた。

そう考えて、モニカ嬢から譲り受けたクッキーをさり気なく懐にしまおうとした。だが流石に長いつきあいだけあって、アルフォンス殿下に動揺をあっさりと見破られてしまった。

命令されて、渋々とクッキーを手渡した。正直なところ、もう駄目だと思った。だがクッキーを口にしたアルフォンス殿下は全く表情を変えなかった。

優しい笑みをモニカ嬢へ向けて「家庭的な子だね」などと言っていた。その言葉を聞いてばれていないと思い、内心安堵し喜んだ。もし真実がばれれば、姉上に合わせる顔がないと思っていたからだ。

そして今、教室の窓から外を眺めていたアルフォンス殿下が突然溜息を吐く。一体どうしたのだろう。

「殿下、どうしたんですか？　何か悩み事でも？」

するとアルフォンス殿下がゆっくりと視線を窓の外からこちらへ向け、静かに口を開く。

「いや……。最近ルイーゼ嬢を見かけないけど、頭は大丈夫なのかな？」

「頭……ですか？」

頭は大丈夫かって――アルフォンス殿下の言葉を一瞬違う意味に捉えてしまった。きっとあのとき、姉上が令嬢たちに押されて頭をぶつけてしまったことを心配しているのだろう。令嬢たちのエネルギーにはほとほと感心してしまう。エネルギーの源は何だろうか。恋愛？

そういえば我が姉上も完全な恋愛脳だ――いや、恋愛脳だった。アルフォンス殿下を思うあまり、見当はずれの方向に努力する人だった。ある意味、今でもそうかもしれないが。

だが頭を打った日、姉上に大きな変化があったのだ。僕が姉上の変化を把握したのは学園が休みの日だから、姉上が前世の記憶を取り戻して2日後になる。休日に姉上から事情を聞いたが、俄かには信じられなかった。前世、日本、乙女ゲーム。いくら説明されても全く想像がつかない。

頭を打ったことはもう大丈夫なはずだ。僕は、姉上がアルフォンス殿下に会えない理由を知っていた。

先週の火曜日だったか。姉上が大怪我を負って屋敷へ帰ってきたのは。症状を見せられて、血の気が引いた。全身に打撲創があり、出血こそしていなかったが、左手首は熱を持って腫れ、包帯を巻いた様子がとても痛々しかった。あの怪我は1週間程度では完治しないだろう。姉上の痛々しい姿を思い出し、思わず眉を顰めてしまう。

事情を聞けば、なるほどアルフォンス殿下に会えないわけだと納得した。姉上は令嬢たちに押されて階段から落ちそうになったアルフォンス殿下を、助けようとして怪我をしたのだ。

現時点で姉上が婚約者になることを望んでいない以上、自分が助けたことを知られたくはないだろう。だから傷ついた姿を見せないようにしているのだ。

婚約者になりたくないという姉上の意思を酌むならば、僕が怪我のことを言うわけにはいかない。せっかく助けたことを懸命に隠そうとしているのだから。

「頭のほうは傷もなかったようですし、屋敷に戻ってきたときはぴんぴんしていたので大丈夫だと思いますよ。姉もいろいろと忙しいのでしょう」

そう説明しつつ、再び姉上について思い出す。確か先週の月曜日に製菓クラブに入ったと言っていた。余計《よけい》なことを言うと、執務室でアルフォンス殿下に食べられてしまったクッキーに結びつきそうだ。沈黙は金というし、製菓クラブの件は秘しておくべきだろう。僕の答えにアルフォンス殿下は柔らかな笑みを浮かべたまま少しだけ首を傾げる。

「ふうん、そうか。まあいいや。それよりも今日君の屋敷へ行きたいんだけど、いいよね？」

ああ、これは断れないやつだ。いいよね？　と言いながら、絶対に押し通すつもりだ。アルフォンス殿下とは長いつきあいなのだ。絶対に屋敷へ来るつもりなのは明白だった。目を見れば決意の固さが分かる。

「ああ、何か用事があるんですか？　今日、僕は1週間後の試験へ向けて勉強に集中したいんですが」

なるべく他意を悟られないように、さり気なく断る方向へ持っていこうと、にこりと笑みを浮かべながら平静を装って答えた。

なんとか来訪を回避できないかと頭を高速回転させる。だが上手い言いわけが見つからない。なぜなら、今まで一度もアルフォンス殿下の頼みを断ったことがないからだ。今までの蓄積から言いわけを導き出そうとしても、なかなか思いつかない。

「そっかぁ。用事はあのクッキー」

　クッキーという単語を聞いた瞬間、心の中でぴょんっと1メートルは飛び上がったと思う。だが態度には出していないつもりだ。

　昨日、アルフォンス殿下に動揺を見破られたことを思い出す。「自分はまだ未熟なのだ」と自戒《じかい》しながら細心の注意を払う。アルフォンス殿下は僕の目をじっと見つめ、曲げた人差し指を唇の下に当てて言葉を続ける。

「ほら、オスカーが執務室に持ってきたあのクッキーだよ。あれ美味しかったから、君の屋敷の料理人に作ってもらえないかと思ってね」

　その言葉を聞いて、心の中で1リットルは冷や汗を掻いたと思う。絶対に態度には出すまい。

アルフォンス殿下は、会話をしながら僕の表情の変化を探っているのだから。

もはやどう断ろうかという段階じゃない。もう絶対にアルフォンス殿下は僕の屋敷を訪れるつもりなのだ。僕の頭の中は今や「いかに断るか」ではなく、「いかにアルフォンス殿下の目を盗みながら姉上にクッキーを作ってもらうか」という思考に腐心《ふしん》していた。

「明日、学園へ持ってきますよ。殿下がわざわざ屋敷に足を運ぶこともないでしょう」

　最後の悪あがきだった。結果は分かっている。アルフォンス殿下は絶対に来る。

「んー、オスカーの屋敷へ行くのも久しぶりだし、君の父上にも会いたいしね。まあ行くよ」

最後通告が来た。もう逃れられない。「そもそも父には毎日城で会ってるだろうが」と心の中で突っ込みを入れておく。

もはや観念するしかないだろう。にこにこと笑みを崩さないアルフォンス殿下に、結局は折れざるを得ないのだ。アルフォンス殿下の言う通りになることは最初から分かっていたが。

「分かりました。時間は何時頃に？」

「君が帰るときに一緒に伺うよ」

分かっていたけど一応聞いてみた。予想通りの答えだ。

さて、どうにか気付かれないように、姉上にクッキー作りを頼まなくてはいけない。なぜ自分がこんなにやきもきしないといけないのだろうか。もうさっさとくっついてしまえばいいのに。――そう思ったが、事情を聞いているだけにやはり協力せざるを得ないだろう。

それにしても、表情を崩せないというのはこんなにつらいものだっただろうか。僕は普通の人より表情が少ないと言われていたし、作り笑顔も苦にならないほうだというのに。

ニコニコと穏やかに微笑みながら、こちらを見ているアルフォンス殿下に、同じように笑顔を返す。こうなったらなんとかするしかない。そう思って、ようやく覚悟を決めた。

◇殿下の来訪

18時頃、僕はアルフォンス殿下を連れて学園から屋敷へと帰ってきた。今の時刻なら姉上も帰っているはずだ。

アルフォンス殿下を屋敷のサロンへ案内したあと、紅茶を準備するよう侍女に指示を出した。サロンのテーブルの席に着いて紅茶のカップを口に運ぶアルフォンス殿下に、着替えてくるので待っていてくれと頼むと、案外素直に頷いてくれた。絶対に疑われていると思ったのだが。

2階へ上がって用心深く周囲を見渡し、誰もいないことを確認した上で、姉上の私室の扉をノックする。そして了承をもらい、扉を開けて中へ入った。どうやら姉上は机で試験勉強の最中だったようだ。なんだか申しわけない。

姉上は椅子に座ったままこちらへ振り返り、僕の言葉を待っている。すでに入浴を済ませたようで、ゆったりとしたワンピースを着用していた。

髪は巻いておらず化粧もしていない。そして未だに手首には包帯が巻かれたままだ。本当に痛々しい。素顔かつ包帯をつけたままの状態でアルフォンス殿下の前に出るのは、絶対に嫌だろうなと思った。驚くだろうなぁと思うと申しわけなくて溜息が出るが、大きく深呼吸をしたあとに意を決して打ち明ける。

「姉上、落ち着いて聞いてくださいね？」

「なに？　どうしたの？」

姉上がきょとんと首を傾げた。

「殿下が我が家へ来訪されています。今サロンでおもてなしをさせていただいてます」

「へ？」

やはり俄かには信じ難《がた》いようで、姉上は目を丸くした。だが依然として恋心はあるのだろう。驚きつつもその頬が仄かに赤く染まる。

「以前話しましたよね。殿下にクッキーを渡してしまったこと」

「え、ええ」

姉上は少し青ざめ、膝の上でスカートをぎゅっと握った。かなり緊張しているように見える。

「あのときは屋敷の料理人が作ったと誤魔化《ごまか》したんですが、今日、殿下はクッキーを作ってもらいにいらっしゃったんです」

「ええっ!?」

「それでお願いがあるのですが……」

「……分かってるわ。サロンにいらっしゃるなら、殿下の目につかずに調理場へ行けるから大丈夫だと思う。私は今この格好だし、その、包帯もしてるし……」

姉上が言葉を詰まらせた。頼みたいことを察してくれたようだ。そして、やはりアルフォンス殿下に姿を見られたくないらしい。

それにしても今日は昨日よりもさらに包帯が厳重《げんじゅう》になっている気がする。悪化したのだろうか。姉上の怪我の状態を心配しつつも話を続ける。

「お手間を取らせてすみません。何とか断ろうとしたのですが、やんわりと押し切られまして」

「こっちこそ気を遣わせてごめんなさい。クッキーを作っている間、殿下をよろしくね」

「分かりました。それでは僕は、私服に着替えたあとにサロンへ戻ります。クッキーができたら侍女に持たせてください」

「ええ、分かったわ。それじゃまたあとで」

僕の要望を一通り伝えると、姉上は不安そうな表情を浮かべながらも了承してくれた。そして早速立ち上がって準備を始めた。

本当はアルフォンス殿下に会いたいのだろう。姉上の殿下を想う気持ちが以前と変わらないことは知っている。婚約者に選ばれたくないがために懸命に嫌われる努力をしている姿を見ると、さぞつらいだろうと思う。だからこそアルフォンス殿下に婚約者を早く決めてもらわなければいけないのだが。

姉上との打ち合わせが一通り終わったので自室に行き、着替えを済ませて1階のサロンへと戻った。アルフォンス殿下は戻ってきた僕を見て、飲んでいた紅茶のカップを皿の上に戻して穏やかに微笑んだ。感情を悟られないように心を落ち着かせて声をかける。

「殿下、お待たせしました。クッキーが出来上がるまでかなり時間がかかるかもしれませんが、お時間は大丈夫ですか？」

「ああ、大丈夫だよ。ありがとう。ところでテオパルトは帰っているのかい？」

アルフォンス殿下が、父上のことを笑みを浮かべながら尋ねてくる。本当に会いたいと思っているのかは怪しいものだ。なぜなら城で毎日、宰相である父上の顔を見ているはずだからだ。それに、今は父上がまだ城にいると知っているはずだ。

「いいえ、父はまだ戻っていません。クッキーが出来上がったら使用人に城へ持たせましょうか？」

「ここで受け取るからいいよ。気を遣わせてごめんね」

言外に我が家で待つ必要はないとアルフォンス殿下に伝えたのだが、さらりと躱《かわ》された。伝わっているのかいないのかも分からない。

悪あがきをしてみても一向に考慮する気配を見せず、僕の提案を聞いてなぜか笑みを深めた。その表情を見て、何か失言をしてしまっただろうかと不安になる。

「いいえ、とんでもありません。アンナ、僕にも紅茶を持ってきてくれ」

「かしこまりました。オスカーさま」

こうなったら長期戦だと覚悟を決めて、侍女のアンナに紅茶を入れてもらうことにした。アンナが両手を胸の前で組んで頭を下げ、紅茶を入れ始める。

ずっと幼い頃から気心の知れた相手であるアルフォンス殿下と、こんな心理戦みたいなことをするのは非常につらい。心理戦に関してはアルフォンス殿下のほうが上手《うわて》だし。そうしてしばらくは紅茶を飲みながら雑談をした。

30分ほど経った頃、父上の帰宅が別の侍女によって知らされた。アルフォンス殿下の来訪を前もって知らせるべく、父上を出迎えなければならない。

仕方がないのでアルフォンス殿下に断ったあと、エントランスへと向かった。エントランスに行くと、もうすでに執事に出迎えられた父上が入ってきていた。

父上は今年で40歳になる。黒髪に茶色の瞳の、身長が180センチほどもある体格のいい男だ。

僕の外見は全く父に似ていない。姉上と僕の容姿は母上のほうに似ているらしい。確かに昔見た絵姿の母上は、蜂蜜色の金髪にエメラルドグリーンの瞳で、姉上は絵姿の母上の姿にそっくりだ。僕の性格だけは間違いなく父親譲りだが。

顔立ちが端正で物腰が柔らかいのもあって、父上は貴族の若い女性から熟年の女性まで幅広く人気があると聞いている。僕から見れば単なる腹黒親父なのだが、ご婦人相手には思慮深く上品で見目のよい独身貴族だと思われているようだ。

ただ僕の知る限り、母が亡くなってから特定の女性とつきあっているという話を聞いたことはない。生前はもちろんだ。父上は子供にとって目の毒になるほどの愛妻家だった。幼い頃、誰の目があろうと夫婦でいちゃいちゃしていたのを思い出す。

僕が6歳のとき、母は病気で亡くなった。体の弱い人だったと聞く。僕たちには見せないようにしていたみたいだが、父上は母が亡くなったときには相当衝撃を受けたのだと思う。母が亡くなった頃から何かを振り切ろうとするかのように仕事に没頭し始めて、帰宅しても部屋に閉じ籠ることが多くなった。

僕や姉上も母を失って、何かに縋りたくて堪らなく寂しかった。姉上はエマの胸を借りて毎日しくしくと泣いていた。僕は姉上が泣いているのを見て、自分がしっかりしなければと考えるようになった。そうしてなんとか気持ちを持ち直したのだ。時間はかかったが。

「殿下がいらっしゃっていると聞いたが?」

父上が自身の立派な口髭《くちひげ》を撫でながら尋ねてくる。執事のフロレンツに聞いたのだろう。父上の斜め後ろには、外套《がいとう》を預かったフロレンツが控えている。

執事のフロレンツは今年で62歳になる。身長は父上よりも少し低いくらいだろうか。

今は亡き祖父の代から、我が家に仕えてくれている優秀な男だ。白髪のだいぶ混じった茶色の髪をすっきりと後ろに流しつけ、切れ長の暗青色の目は無駄に鋭い。いつもぴっちりとした佇《たたず》まいで、感情を表しているのをあまり見たことがない。

だが無表情なだけで、僕や姉上にはとても優しい。まるで祖父のような存在だ。

「はい、今サロンでお茶を召し上がっていらっしゃいます。父上に会いたいと仰っていましたよ」

「そうか。ではご挨拶に伺おう」

そう言って、そのまま大股でサロンへと向かう父のあとについていった。そしてサロンに着いて驚いた。さっきまでテーブルで紅茶を飲んでいたアルフォンス殿下がいなくなっていたのだ。

◇いなくなった殿下

僕が父上とともにサロンへ戻ると、殿下の姿がない。驚くと同時に最悪の予想をしてしまう。もしかして姉上がいると予想して、調理場へ行ったのではないだろうか。

そんな考えが頭をよぎり、父上がいるにも関わらず、思わずチッと舌打ちをしてしまった。

アルフォンス殿下がいないことを不審に思ったのか、父上が尋ねてくる。

「うん？　殿下はおられないようだが、サロンではないのか？」

「席を外してらっしゃるみたいですね。僕が探して……」

そう言って調理場へ探しにいこうと足を踏み出すと、全く違う方向から歩いてくるアルフォンス殿下の姿が見えた。手を拭いたハンカチを懐へしまおうとしているようだ。

どこへ行っていたのかと問い詰めるのも変だ。考えあぐねていると、アルフォンス殿下がこちらの気苦労など全く意に介さない様子で口を開く。

「ああ、ごめんね。手洗いを貸してもらっていたんだよ。少々紅茶を飲みすぎてしまったようでね。……おや、テオパルト。おかえり」

アルフォンス殿下がサロンの元いた席にゆっくりと座りながら、父上に挨拶をした。すると父上が胸に手を当て、頭を下げながら尋ねる。

「殿下、ご機嫌麗しく何よりでございます。本日はこちらへは……？」

「ああ、クッキーを作ってもらいに来たんだよ。クレーマン邸の料理人に」

にこりと笑いながらアルフォンス殿下が父上に答える。特に動揺した様子も見受けられず、何もなかったような感じだ。思い過ごしか……。

父上はというと、聞いたこともない話を耳にしたにも関わらず、あくまで平然と構えている。

あとで父上に状況説明を求められそうだ。

「……左様でございますか。ぜひお受け取りになる前には、愚息《ぐそく》めに毒味をさせてくださいませ。ではどうぞごゆるりとお過ごしください。私はこれにて失礼します」

「ああ、ゆっくりさせてもらうよ」

胸に手を当て一礼する父上に、アルフォンス殿下は笑みを浮かべたままゆっくりと片手を挙げた。

父上は礼をとったあと、踵を返しながら僕に目だけで合図を送り、僕もまた瞬《まばた》きで応える。そしてそのまま父上は私室へと向かった。あとで説明しろということだろう。

アルフォンス殿下とのやり取りについて説明するなら、姉上の前世の記憶が戻ったところから打ち明けなければならない。父上にどう説明するかは、あとで姉上と相談をしよう。

だがまずは、目の前の問題にどう対処していくかだ。アルフォンス殿下に向き直り、再び向かい側に座る。そしてちらりと表情を窺いながら尋ねる。

「すみません、だいぶお待たせしてしまって。手洗いの場所は分かりましたか?」

僕がサロンを離れたのは5分かそこらだ。5分程度の時間で調理場へ行き、姉上を見たということはないだろう——と思う。手洗いへ行っていたのは嘘じゃなさそうだし。

ただこればかりは自信がない。かといって、尋ねてしまえば藪蛇《やぶへび》をつつく結果になる。「知らない振りをする」が正解だろう。僕の問いに対し、アルフォンス殿下は破顔《はがん》して答える。

「俺がいつからこの屋敷に出入りしてると思ってるんだい？　勝手知ったる、さ。心配いらないよ」

「そうですか」

特に動揺している様子が見られないことに、内心安堵した。アルフォンス殿下はテーブルの席についたあと、サロンのガラス窓から、もうすっかり夜の帳《とばり》が下りた外へ視線を向ける。

「用件の1つは片付いたな。テオパルトの顔も見たし、あとはクッキーが出来上がるのを待つだけか」

「そうですね。お待たせしてすみません」

アルフォンス殿下は外へ視線を向けたまま言葉を続ける。

「幼い頃ここを訪れたとき、君とルイーゼ嬢と庭を散策《さんさく》したことがあったのを覚えているかい？」

顎に人差し指を当てて、古い記憶を辿る。その結果、「そういえばそんなことがあったかもしれない」という程度のおぼろげな記憶の片鱗に辿り着いた。3人での散策を思い出し、ゆっくりと頷きながら答える。

「ええ、そういえばそんなこともありましたね。あまり3人で過ごした記憶がないですが、少しだけ覚えています」

「そうか。……あのときここの庭には薔薇が咲き乱れていてね」

追憶に耽るように、アルフォンス殿下が話し始めた。一体急にどうしたのだろう。言葉の真意を探ってみるが、何も思いつかない。

「俺は今は薔薇が好きじゃない。あの毒々しい見た目が嫌いだからだ。棘《とげ》もあるし、特に真紅の薔薇など毒婦のようじゃないか？」

「そうですか？」

「ああ。だが、あのときはまだ好きだったんだ。そんな会話をしたのを思い出してね。こんなに暗くなっては庭を見ることができないな。残念だ」

「はぁ……」

薔薇についての会話を誰としたのか、などとは聞き返せなかった。僕でないことは確かだ。アルフォンス殿下が薔薇を嫌いなことは知っていた。理由までは思い出せないが。

だが重要なのは薔薇を嫌いな理由ではない。「なぜ今、昔の思い出話をしたのか」だ。そしてその思い出の中には姉上がいる。

先ほど一度払拭《ふっしょく》したはずの、嫌な予感が再び湧き上がる。もしかして調理場にいる姉上を見たのではないだろうか。だが藪蛇になりそうだから聞き返せない。仕方がないので、当たり障りのない範囲で精一杯の疑問をぶつけてみる。

「なぜ今そんな話を？」

「いや、なんとなく思い出してね」

アルフォンス殿下は窓の外へ向けていた視線をこちらへ戻し、ニコリと微笑んだ。これ以上つついても真意は分かりそうにない。下手につつけば逆に突っ込み返されるのが落ちだ。もう触れないほうがいい。

そんなことを考えていると、侍女のエマが調理場のあるほうの廊下から歩いてくるのが見えた。その姿を見て安心する。クッキーが入っていると思《おぼ》しきバスケットを手に持っているからだ。エマがこちらのテーブルの側まで来て、姿勢を低くして礼をとる。

「大変お待たせいたしました。当家の料理人が作成した菓子にございます。オスカーさま、どうぞこちらを殿下に」

エマがそう言って、持っていたバスケットを僕に差し出した。エマもアルフォンス殿下に毒味が必要なことを知っている。

ところが受け取ろうとしたところで、横から手を伸ばしたアルフォンス殿下にクッキーの入ったバスケットを奪い取られてしまった。だが流石にそのまま渡すわけにはいかない。慌てて手を差し出して毒味を申し出る。

「殿下、毒味を」

「いや、いいよ。君の屋敷の人間は全員信用している」

そう言ってアルフォンス殿下は、手に持ったバスケットのクッキーを1つ手に取り口にした。

あっという間の出来事だ。

(っ……！　他人には1個もやりたくないと、そういうことなのか⁉)

アルフォンス殿下の予想外の行動に戸惑いを隠せなかった。

「殿下……」

「ほら、大丈夫だ。やっぱり美味しいな。まだ温かくて優しい味がする。料理人にありがとうと伝えてくれないか？」

「承知いたしました。仰せの通りに伝えさせていただきます。それでは失礼いたします」

エマはアルフォンス殿下の言伝《ことづて》を了承して、礼をとったまま1歩下がり、調理場へ向かった。

アルフォンス殿下は嬉しそうに、抱え込んだバスケットを見つめる。それほどまでに嬉しいものなのだろうか。どれだけ甘いものが好きなんだ。

「それじゃ、失礼するよ。長い時間お邪魔したね。君からも料理人にありがとうと伝えてくれ。そしてまた作ってほしいと」

「承知しました。こちらこそお待たせして申しわけありませんでした」

若干アルフォンス殿下の態度に不安を覚えながらも、今回の苦しかった心理戦からようやく解放された安堵感で顔が緩む。

そんな僕の表情を見て、殿下が一瞬フッと笑ったように見えた。そして屋敷の外まで見送りに出た僕に手を振って、馬車で城へと帰っていった。

6章　ルイーゼの薔薇

◇ランチのお誘い

「またあの夢を見てしまったわ……。今回は以前よりも少しだけ状況が進展していたわね」

起きて気付いた。私はどうやら、また涙を流していたようだ。そっと指で触れてみると、眦に涙の跡を感じた。

ときどき見る夢の中の出来事は、俯瞰《ふかん》で眺めているような感じだ。夢の中にいる、妃であるルイーゼの言葉や行動は、自分の意思でどうにかできるものではない。夢を見ているときの感覚は、ドラマや映画を視聴しているような感じだ。

けれど、夢の中にいるルイーゼの記憶と感情はダイレクトに伝わってくる。未来の孤独な自分の姿に同調しているのに、ただ見ているしかできないなんて、まるで拷問《ごうもん》だ。今回も好色王の妃の姿を夢で見て、やはりアルフォンス殿下の妃にはなりたくないと改めて思った。

寝ている間に掻いた汗を流すべく、入浴をしながら昨日の出来事をぼんやりと思い出す。昨日、アルフォンス殿下が我が家を訪れて、私の作ったクッキーを持って帰った。

あとでオスカーに尋ねたら、クッキーをもらってとても喜んでいたという。それを聞いて素直に喜んだら、「そんな単純な話じゃないんです」と大きな溜息を吐かれた。そして、ばれたくなければ、今までよりもさらに慎重に行動するようにと釘を刺された。

何やらいろいろと大変な思いをさせてしまったようで、オスカーに対しては申しわけない気持ちでいっぱいだ。

昨夜オスカーと一緒にお父さまの部屋を訪れた際、アルフォンス殿下とのやり取りについて尋ねられた。だから前世の記憶を取り戻した事実をなるべく細かく説明した。

お父さまは、最初のうちは非常に驚いて、信じられないと言っていたけれど、前世の知識のいくつかを話すと最後には信じてくれた。オスカーも口添えをしてくれたので話は早かった。

未来の好色王の妃の話を聞いたお父さまは、結果的に父である自分が娘を追いつめてしまうことになる事実に衝撃を受けていた。

実際にはまだ起こっていないのだから、お父さまには関係ないのだけれど、同じ状況、所謂正妃に跡継ぎができないという状況になれば、同じ対処をせざるを得ないだろうと言っていた。宰相にとっては国の将来を考えることが最優先だからだ。

正妃に子どもができない件については、私が妃にならなければ済む話だ。他の誰かが正妃になれば跡継ぎができるかもしれない。正妃との間に跡継ぎが1人ないしは2人でも生まれれば、アルフォンス殿下が外で遊ばない限り、側妃を置く必要も生まれない。置いても1人か2人だろうということだ。

今日はまだ木曜日だ。次のお休みまでに、あと2日は学園へ行かなければならない。アルフォンス殿下に嫌われる計画を考えると憂鬱だけれど、放課後の製菓クラブの時間を思うと楽しみでもある。クラブに参加してよかったとつくづく思う。

長めの入浴を終え、エマとアンナに巻いてもらったボリューミーな縦ロールを赤いリボンで纏めて、真っ赤な口紅とアイラインと頬紅で化粧もばっちり済ませる。けれど今は香水をつけていない。学園での唯一の楽しみである製菓クラブに参加できなくなってしまうからだ。

昨日オスカーに聞いたのだけれど、アルフォンス殿下は最近、昼休みに私が来ないことを不審に思っているらしい。まだ左手首の包帯が取れたわけではないけれど、確かに急に顔を見せなくなるのも不自然だ。今日の昼休みは久しぶりにランチをお誘いするふりをしにいこうかな、などと考えながら、いつものように学園へと向かった。

午前中の授業が終わり、昼休みになった。左手首の包帯は、右手で隠すようにさり気なく手を組めば目立たないだろう。そんな作戦を考えながらアルフォンス殿下の教室へと向かった。

入口から中の様子を窺うと、教室の窓際で銀色の髪を風で揺らしながらアルフォンス殿下が

１人で佇んでいた。その光景を見て愕然《がくぜん》とする。

今日もとても素敵だ――じゃなくて、忘れていた。アルフォンス殿下が階段から落ちた事件があってから、他の婚約者候補の令嬢たちが近づかなくなったのだ。今、令嬢たちの家ではそれぞれが責任を負わずに済むよう、我関せずを貫《つらぬ》き通しているという。オスカーに聞いたところによると、令嬢たちは両親から「婚約者が正式に決まるまでは、くれぐれもアルフォンス殿下に近づかないように」と言い渡されているらしい。

そんな状況の中、私と１対１ではアルフォンス殿下も断りにくいだろうし、断りにくいと分かっていて誘うのもどうかと思う。どうしようかと指を顎に当てながら煩悶していると、不意に声をかけられる。

「どうしたの？」

「いえ、なんでもないですワァッ！」

驚きのあまり、心臓が口から飛び出るかと思った。そしてあろうことか、貴族令嬢にあるまじき叫び声を上げてしまった。恥ずかしすぎる。入口でもたもたしている間に、いつの間にやらすぐ側にアルフォンス殿下が立っていたのだ。

いつもの美しいアメジストの瞳が、何か面白いものでも見つけたかのようにきらきらと輝いている。私は動揺を隠しながら、精一杯の笑顔で取り繕う。

「でん、アルフォンスさま、ご機嫌麗しゅう存じます。今日はオスカーがいないか見にきただけですの。残念ながらいないみたいですわね。それでは失礼します……」

へたれだ。我ながら情けないとは思うけれど、今アルフォンス殿下と近しくなるのは危険すぎる。そういえば昨日、オスカーにも釘を刺されたのだった。オスカーもいないのに、いきなり2人きりなんて怖すぎる。私にはオスカーのような鉄面皮スキルはないのだ。

そんな考えを頭の中でぐるぐると巡《めぐ》らせた結果、即時撤退を決意して試みる。所謂「尻尾を巻いて逃げる」というやつだ。自分でも呆れるほどにへたれすぎる。

動揺をなるべく悟られないように笑顔を作って暇《いとま》を告げ、踵を返して後ろを向いたところで、穏やかな声とともに肩に温かい何かが触れるのを感じた。

「まあ待ってよ」

「はいィ？」

なるべく平常心を装ったままゆっくりとアルフォンス殿下のほうに振り返って、不自然にならないよう笑顔を浮かべて応えた。声が若干上ずった気がしないでもないが、多分大丈夫だ。死ぬほど動揺しているとはばれていないはずだ。私だって腹黒宰相テオパルトの娘なのだ。

肩に載せられていたのは、アルフォンス殿下の掌だった。分かってはいたけれど緊張する。これではまるで、進行方向に不良がいるのを見て慌てて進路を変えようとしたけれど、見つか

って声をかけられてしまったいじめられっ子のようである。

「今日、オスカーはいないけど、たまには一緒にランチでも食べない？」

「えっ、私とですか？」

「ここにはルイーゼ嬢しかいないけど？」

「そう、ですね」

柔らかな笑顔を浮かべるアルフォンス殿下からの、拒否できないお誘いを受けて戸惑ってしまう。絶対に断れない空気のようなものをひしひしと感じる。といっても、王族のお願いはそもそも断れるものではないのだけれど。

（これがオスカーが言っていた、殿下の必殺技「拒否できないお願い」っていうものなのね。これが本当の「殿下の宝刀《伝家》」、ぷぷ。……はっ、そんなことを考えている場合じゃないわ！）

今の状況に混乱するあまりに、思わず現実逃避をしてしまった。気を取り直して、今の状況について考えてみる。

今まで一度だって、アルフォンス殿下のほうから誘われたことがあっただろうか。いや、ない。笑顔が今日も麗しくて完璧で色気がむんむんで、耐性のない私がそんな魔性《ましょう》の男を誤魔化すことなどできようか。いや、できない。できない自信がある。

けれど昨日、あんなにオスカーが頑張ってくれたのだ。ここで私が失敗するわけにはいかない。オスカーの努力に報いるためにも、自分が頑張らなくては。顔に笑顔を貼り付けつつも、心の中では嵐が吹き荒れ、不安と焦燥と羞恥の入り混じった濁流《だくりゅう》が、ほんのちょっぴりの嬉しさを押し流そうとしている。まさに混沌《カオス》である。

せめてここにオスカーがいてくれたらいいのに、と心から思う。そんな混沌とした心持ちのまま、アルフォンス殿下のあとについて、ランチをとるべく食堂の貴賓席《きひんせき》へと向かった。

◇殿下とのランチ

この学園の食堂は吹き抜けになっており、1階部分は一般貴族用に開放され、2階部分が王族用のスペースとして使用されている。アルフォンス殿下の場合は毒味も必要なため、王族専用スペースでの食事が必須なのだ。

食堂の王族専用スペースに来るのは、当然初めての経験だった。ランチをご一緒しませんか？　などと以前は軽々しく口にしていたが、この物々しさといったら、そんなに気軽に楽しめるものではない。当然メニューも一般貴族とは別のものだ。

アルフォンス殿下だけが特別に物々しいのかもしれないけれど、いや、そうあるべきだとは思うけれど、護衛兼毒味の騎士らしき男性が3人も配置されている。アルフォンス殿下にとっては、婚約者候補の令嬢も警戒対象なのだ。なんと気の毒なことだろう。

アルフォンス殿下がテーブルについたあと、護衛の騎士に椅子を引いてもらって、その向かい側に座った。当然、手はお膝だ。

「何か注文はある？　特にないならこちらに任せてもらうけど」

「大丈夫です。好き嫌いをしないのが信条ですわ」

気を遣わないでくださいと伝えた。――つもりだったのだけれど、上品な喋り方で飾りつけたものの、内容は酷く庶民的だった気がする。もったいないからなんでも食べる、というふうに伝わっていないことを祈るしかない。

私の言葉を聞いて、アルフォンス殿下がフッと笑う。やはり言葉の選択に失敗してしまったか。どうやら自分で思っているよりもかなり動揺しているようだ。

（それにしてもこの人は、昼間からこんなに色気をだだ漏れにしなくてもいいと思うの！　今の私には目の毒すぎるの！　はぁ、やっぱり殿下のことが好き……。でも駄目よ、ルイーゼ。今朝、夢で見たばかりじゃないの。あんな未来は絶対に避けなければいけないんだから！）

笑顔を浮かべつつも実は混乱が極まっている私を、目の前のアルフォンス殿下が微笑みながら見ている。あまりにもじっと見つめられるので、一瞬顔に何かついているのではないかと心配して触ってしまったくらいだ。

「ところで、その手、怪我してるんだろう？　大丈夫？」

「え？　ええ、大丈夫です。お気遣いは無用ですわ。屋敷で扉に挟んだだけですので。オホホ」

アルフォンス殿下に気遣わしげな眼差しで尋ねられた。怪我を見られたことで一瞬焦ってしまったけれど、適当な理由をつけて誤魔化した。なるべく目につかないように左手首をさり気なく隠していたつもりだったけれど、無駄だったようだ。アルフォンス殿下の目ざとさに驚いてしまう。

けれど恐らく社交辞令だろうから、怪我のことはさらっと流してもらおう。原因を言うことはできないし。

「……そう。君は昔からおっちょこちょいだもんね」

「昔……」

アルフォンス殿下が笑って告げた言葉を、思わず復唱してしまう。昔とは、以前アルフォンス殿下がうちの屋敷を訪れたときのことだろうか。もしかしてそのときに何か粗相《そそう》をしてしまったのだろうかと、懸命に古い記憶を辿る。けれど、どうしても思い出せない。

思い出を辿っている間に食事が運ばれてきた。ランチとは思えないほどの豪華なメニューだ。一瞬思い出そうとしていたことを忘れ、料理のほうに見惚れてしまった。するとアルフォンス殿下が、時間切れとばかりに笑いながら告げる。

「昔、君の屋敷を訪問したとき、オスカーと3人で庭を散策したんだ。そのときに私が『とても綺麗な薔薇だね』と言ったら、君が『差し上げます』と言って、庭の薔薇を無理やり手折《たお》ろうとしただろう？」

「あ……」

アルフォンス殿下の言葉で思い出した。そういえば3人で庭を散策したとき、アルフォンス殿下が薔薇を好きだということを初めて知ったのだった。

あのときからアルフォンス殿下に好かれるために、薔薇のような女性になりたいと思って、懸命に努力した。だから薔薇の香水もつけはじめたのだった。

アルフォンス殿下が薔薇を好まれることは覚えていたけれど、知ったきっかけは完全に忘れていた。

「そのときに君は、薔薇の棘で怪我をして指から血を出してしまった」

「そうでしたね」

「それで私はそれを……」

「で、でん、アルフォンスさま、どうかそれ以上は！」

アルフォンス殿下の話で古い記憶がクリアになっていき、とうとう全てを思い出してしまった。そして両手を前に出し、慌ててアルフォンス殿下の言葉を制止する。顔に熱が集まるのが分かる。きっと耳まで真っ赤になってしまっているはずだ。

（あぁっ！　そうだ。とんでもないことを思い出してしまった。初めて会ったときに殿下を好きになったのは覚えていたけれど、本当に好きになったきっかけは……うわぁ！　恥ずかしい、恥ずかしすぎる！　殿下が覚えていたなんて！）

その記憶に思い至り、もう表情を抑えることなどすっかり忘れてしまっていた。もう必死だ。護衛が3人もいる場所で暴露されそうで、いくら子どもの頃の出来事とはいえ、恥ずかしくて顔から火が出そうだ。

幼かった頃……私が10歳で、アルフォンス殿下が12歳だっただろうか。オスカーと、うちを訪れていたアルフォンス殿下と3人で、屋敷の庭を散策した。ちょうど薔薇が見頃で、庭には真っ赤な薔薇が咲き乱れていた。

幼い私はそれをアルフォンス殿下に見せたかった。どうしてもアルフォンス殿下の喜ぶ顔が見たかったのだ。

『どうですか？　とても綺麗でしょう？』

『本当だ。とても綺麗な薔薇だね』

アルフォンス殿下はそう言って、天使のごとき笑顔を見せた。アルフォンス殿下の笑顔を見て薔薇がお好きなのだと思った。薔薇を褒められたのが嬉しくて、張り切って宣言した。

『1本差し上げます』

どうしてもこの綺麗な赤い薔薇をアルフォンス殿下にプレゼントしたくて、薔薇の茂みに手を伸ばした。そして薔薇の1本を無理やり手折ろうとしたのだ。

その結果、当然のことながら薔薇の棘で指を刺してしまった。痛みに驚いて手を引っ込め自分の指をじっと見ていると、血の玉がぷっくりと浮いてきた。泣くほどの痛みではなかった。

そのとき、指から血を出す私を見て驚いたアルフォンス殿下が、私の手を取って自分の口へ持っていき、ぱくっと咥《くわ》えたのだ。そして、こともあろうに私の指を舐めた。

『もう大丈夫だよ』

そう言ってアルフォンス殿下はにっこりと笑った。それはもう12歳とは思えないほどの色気で。

私はというと、あまりにも予想外の行動に混乱して、まるで石化したかのように固まってしまった。火が出るかと思うくらいに顔が熱くなった。心の中は驚きと羞恥で混乱していた。傷の痛さよりも、起きたことが恥ずかしくて堪らなかったのだ。

それにしても、なぜそんな衝撃的な出来事を忘れてしまっていたのだろう。恥ずかしすぎて記憶を封印していたのだろうか。焦る私を見て、アルフォンス殿下が突然吹き出す。

「プッ、ごめん。そんなに恥ずかしがるとは思わなかったんだ。そういえばあのときも顔を真

っ赤にしていたね」

「お願いですから、もうそれ以上は仰らないでください……」

耐えきれないほどの羞恥に、もはや顔の熱は引きそうにない。なぜ今こんな話をするのだろうか。私の羞恥心を煽《あお》って遊んでいるのだろうか。

けれど、アルフォンス殿下が薔薇のような女性が好みでないことを、今の私は知っている。

だからこそ、あえて華やかに見えるよう微笑んでみせる。

「アルフォンスさまは、私みたいな華やかな女性がお好きなんでしょう?」

「いや。どちらかというと私は、家庭的で優しい子が好きだね」

ニコリと穏やかに微笑みながら、アルフォンス殿下が派手な装いの私に向かって答える。その言葉から、言外《げんがい》に私を対象外だと言っているのだと理解した。

やはりモニカのような外見の女性が好きなのだ。なるほど、対象外だから気軽にランチに誘えたのか。そう考えると合点がいって幾分冷静になれた。伏し目がちに悲しみを表情に表しながら嘆息する。

「そうですか。殿下の婚約者になれそうになくて、とても残念ですわ」

私の言葉を聞いてもなお、穏やかな笑みを崩さない。その表情を見て、やはり自分は対象外なのだと再確認して、本当に悲しくなってきた。そんな私をじっと見ながらアルフォンス殿下が尋ねる。

「そう？　……ところでルイーゼ嬢は薔薇が好きなの？」

「いえ、普通ですわ。なぜです？」

「いつも薔薇の香水をたくさんつけていたようだから、理由を知りたくてね」

「それは殿下がお好きだと思っていたからですわ」

質問の真意が掴めず戸惑ってしまった。もちろん表情には出さないけれど。

前世の記憶が蘇る前、アルフォンス殿下は薔薇がお好きなのだと思っていた。だからあんなに薔薇の香水をつけていたのだ。今は、勝手にそう思い込んでいただけだったと分かっているけれど。

私の答えを聞いて、アルフォンス殿下がテーブル越しに身を乗り出して私に顔を近づける。

「……そうだったのか。だけど今はなんだか甘い匂いがするね。私の好きなバニラの匂い」

「え？」

即座に両方の袖を交互に嗅《か》いでみるが、自分では分からない。今日はまだお菓子を作っていないから、バニラの匂いなどするはずがない。朝食のデザートに、昨日作ったクッキーの残りを食べたからだろうか。

「あ、朝のデザートにお菓子をいただいたからかもしれません。きっとそのときにバニラの香りが移ったのですわ」

「そう。それは羨ましいね」

アルフォンス殿下は満面の笑みを浮かべている。そんなに甘いものが好きなのだろうか。今度からは要求される前にオスカーにクッキーを持たせてあげよう。そうすれば突然の屋敷訪問にならないだろう。

オスカーは昨日、アルフォンス殿下とこんなやり取りをしたのだろうか。実際に会話をしてみて、改めてオスカーに申しわけなかったと思う。

「アルフォンスさまが、私のような華やかな装いをお好みでなくて残念ですわ」

「君はいいんだ。そのままでも」

ニコリと笑いながらそう言われて、引きつりそうになるのを堪えて笑顔を作る。華やかな装いは好きじゃないアルフォンス殿下が、私には華やかなままでいいと言った。そんなに嫌われていたのだろうか。

いや、嫌われようとしていたからいいんだけれど、なんだかショックだ。やはりこのまま結婚すると、あの夢のように見向きもされなくなってしまうのだ。

(これは、正式に婚約者候補を辞退しても大丈夫な流れよね？)

対象外と思われている事実が分かってショックではあるものの、結果的には十分な成果を上げられたのではないだろうか。私だって腹芸の1つや2つできるのだ。

やはりあまり好かれていなかったのだなという複雑な感情はあるものの、嫌われ作戦の成功に安堵した。そしてしばらくの間他愛《たわい》のない会話を交わして、アルフォンス殿下とのランチを終えた。

◇濡れ鼠《ねずみ》

アルフォンス殿下とのランチのあと、午後の授業を終えて、ようやく待ちに待った放課後になった。嫌われ作戦が成功しつつある現状に、喜びと同時にほんの少しの悲しさを感じながら調理室へと向かう。

調理室に行くときは、いつも中庭を通って近道をする。はしたないとは思うのだけれど、渡り廊下から行くよりもかなり近道になるのだ。近道ルートの中庭を歩いていると、突然頭の上から水が降ってきた。雨ではない、大量の水だ。

全身びっしょりと濡れてしまって、一瞬何事が起こったのか分からなくて上を仰ぎ見た。すると、真上にあった学舎の2階の窓が、開いているのが確認できた。

恐らくあの窓から水が捨てられたのだろう。故意なのか事故なのかは分からないけれど、今は窓の付近に人影はない。

「うう……どうしよう。こんなにびしょ濡れのままじゃクラブへ行けないわ。それになんだか雑巾《ぞうきん》臭い……」

びしょ濡れになった制服に鼻を近づけて、思わず顔を歪《ゆが》めてしまった。それにしても、掃除の汚水を窓から捨てたりするものだろうか。こんなびしょ濡れでは屋敷へ帰るしかないのだろうかと途方に暮れていると、声をかけられた。

「ちょっと、貴女、大丈夫⁉」

声のほうを振り向くと、渡り廊下にいたのは、私を見て目を瞠っているカミラだった。カミラも製菓クラブへ向かう途中だったのだろう。濡れ鼠になっているからか、私が誰だか分からないようだ。慌ててこちらへ駆け寄ってきて、再び心配そうに尋ねてくる。

「本当にどうしたの？　なぜこんなことに？」

「カミラ……」

「あら、その声は……もしかしてルイーゼ？」

一瞬固まって目を丸くしたカミラに、改めてまじまじと見つめられた。驚いている様子のカミラに、突然上から水が降ってきたと説明した。

「まあ酷い！」

「でも、わざとじゃないかもしれないわ」

「そんなわけないじゃない！　掃除の汚水を窓から捨てる学生なんて、この学園には存在しないわ。普通は！」

雑巾の臭いにまみれているというのに、カミラは懐から取り出した綺麗なハンカチで私を拭きながら憤慨してくれた。

けれど、もし事故じゃないとしたら、一体誰の仕業だろう。まるで昔の少女漫画によくあるような古典的ないじめだ。

「ん、昔の少女漫画……？」

ベタないじめが描かれた少女漫画といえば、前世の日本だ。もしかしたら犯人は——１人思い当たるけれど、単なる推測なので断定はできない。

そんなことを考えていると、カミラが不思議そうに首を傾げながら顔を覗き込んでくる。

「どうしたの、ルイーゼ？」

「ううん、なんでもない。それよりもごめんなさい、ハンカチを汚しちゃった。それに製菓クラブに遅れてしまうかも……」

「馬鹿ね！　そんな場合じゃないでしょ！　このままにはしておけない。風邪をひいてしまうわ。保健室に簡易シャワーがあるから、貸してもらいましょう」

そう言ってカミラはハンカチをしまって、他者の目から庇うように肩を抱えて保健室に同行してくれた。カミラってなんて優しいのだろう。今さらだけれど感動してしまう。

「ありがとう、カミラ……。迷惑かけてごめんなさい」

「何言ってるの。貴女が気にすることじゃないわ」

カミラは私の肩を抱えながら苦笑して答えた。そのまま誰とすれ違うこともなく保健室へと無事に到着することができた。養護教諭のブラント先生は留守のようだ。申しわけないけれど勝手に保健室の簡易シャワーを使わせてもらうことにした。

「それにしても本当に酷いわね。……びしょびしょなのは上着だけみたいね。スカートは少し濡れてるけど、中のブラウスは奇跡的に大丈夫だわ」

「ええ、そうね。ありがとう」

恐らくボリューミーな縦ロールが、傘の代わりをしたのではないかと推測する。結構横に広がっているからだ。そんな馬鹿げたことを考えている間に、カミラがてきぱきと私の上着を剥いでいった。そしてそのままシャワールームへ放り込まれた。

「とにかく汚水を洗い流さないとね。待っててあげるから洗ってらっしゃい」

「ええ、分かったわ」

簡易とはいえ、お湯はちゃんと出るようだ。服を脱いでシャワーを浴び、髪と体を洗った。

そしてはっと気付いた。シャワーを浴びてしまうと縦ロールが巻けないということに。さらに化粧道具を持っていないがゆえに、化粧もできないということに。あんなにびしょ濡れにされては、どのみち縦ロールは原形を留めてはいなかっただろうけれど。

(ああっ、これ、どうしたらいいの⁉)

シャワーを止めたあと、胸に湧き上がる焦燥感に襲われた。武装解除して素顔のまま学園をうろうろするのは危険じゃないだろうか。今まで学園では、常に縦ロールと化粧で完全武装して過ごしていたのだ。

体をタオルで拭き、かろうじて無事だったシャツとスカートを着用してシャワールームを出た。そして混乱状態のままカミラに訴える。

「カ、カミラ……。どうしよう？　縦ロールが巻けないの。化粧もできないの。……ああ、そうだ。調理室まで行けばコロネの型があるかもしれない。コロネの型をオーブンで温めてそれで髪を巻けば……」

「ルイーゼ！　ちょっと待って、落ち着いて！　なんの型か知らないけど、お菓子の型で髪を巻こうとしないで。そもそもコロネって何？」

「はっ、ごめんなさい。なんだか混乱してしまったわ……」

混乱のままに口走った言葉を、カミラが慌てて窘める。思わず取り乱してしまった。何しろ素顔などという無防備な格好で人前に出た経験などないのだ。縦ロールも化粧もない――丸裸だ。

何がなんだか分からなくなっている私を落ち着かせるように、カミラがぽんぽんと肩を叩いてくれた。

「……とにかく、白いブラウスのままではちょっと目立つわね。私の教室が近いから、一緒に行きましょう。予備のスモックを貸してあげるわ」

「スモック……」

スモック――それは製菓クラブでお菓子を作るときに、皆が制服の上から着用する丈の長い作業着だ。エプロンよりも清潔に保てるので、クラブではそれを着用することになっている。

突然カミラに、覗き込むようにしてまじまじと顔を見られた。

「な、何？」

「本当に別人ね。こうして見ると、普段は仮面を被っているようなものね。全く素顔が分からないわ」

「そう……？」

カミラに悪意が欠片もないのは分かっているのだけれど、随分な言い草である。カミラが苦笑して呟く。

「なるほどね……」

「何が？」

「いえ、こちらの話よ。髪が濡れてると流石に目立つわ。乾かしてから私のクラスへ行きましょう」

「え、ええ」

一応タオルで水分を拭き取ったけれど、髪が完全に乾くのを待っていては大幅に遅刻してしまう。仕方がないので、そのままカミラの教室へと向かうことにした。

◇不可解な反応

保健室でシャワーを借りたせいで、製菓クラブへ行く時間にだいぶ遅れてしまっている。

スモックを取りにカミラの教室へ向かう途中で、誰かとすれ違うことはなかった。けれど教室に到着すると、中にはまだ学生が残っていた。

カミラはつかつかと歩いて自分の席まで私を連れていき、荷物の中から洗い立てのスモックをてきぱきと取り出して渡してくれた。

「さあ、これを着て」

「ありがとう」

スモックを受け取って、シャツの上に手早く着用する。するとその様子が珍しかったのか、気付けば教室中の視線が私へと集まっていた。

改めて見渡してみると、口をあんぐりと開けている人や顔を赤くした人がいる。もしかして何か恥ずかしいところでも見えているのだろうかと、慌てて自分の全身を確認した。けれど別段問題はないようだ。

その中で、いつかすれ違ったときに私を嘲笑していた男子生徒の姿を見つけた。結構ショックだったのでよく覚えている。

男子生徒たちに目をやると、ぎょっとしたように一瞬目を丸くして顔を赤く染めた。そんな周囲の反応の理由が分からなくて、思わず首を傾げる。

「カミラ、私どこかおかしいかしら……」

「え？」

「だってなんだかじろじろ見られてるような気がするの……。はっ！　もしかして縦ロールも化粧もしていないから酷く貧相に見えるんじゃ……」

そんな想像を告げると、カミラが呆れたような顔で答える。

「……えーっと、貴女のその美の基準がどこから来ているのかは分からないけど、別に貧相でも恥ずかしくもないから、心配しなくても大丈夫よ。きっと皆の反応はそういう理由じゃないと思うから」

「えっ、そうなの？」

「ええ、ルイ……、そろそろ行きましょう」

「……？　え、ええ」

カミラがなぜか私の名を呼ぶのを途中でやめた。そして学生たちの絡みつくような視線から逃れるように教室から出た。

あの反応は一体なんなのだろう。周囲の様子を見て一瞬、「もしかして素顔だから、可愛いなんて思われてたりして」とちらりと思わなくもなかった。けれどよく考えれば、やはり違うと思う。

私は、以前エマに自己評価が低いと言われたことがある。本当は自分でも、素顔の私は美少女ではないかという認識はある。

けれど私の認識は、あくまで前世を含めた自分という個人が、「ルイーゼ」というキャラクターの容姿を得て抱いた主観的な感想だ。これまで可愛いと言ってくれたことがあるのも、両親とエマと他数人の使用人くらいだ。

身内の言う「可愛い」ほど当てにならないものはないと思っている。身内以外から可愛いと言われた経験が、幼い頃から一度もないのだ。11歳くらいで派手な装いをしてはいたけれど、これまでの他人の評価を考えれば、いきなり可愛いと言われるとはとても思えなかった。

ともあれコスプレがない状態だと、これほど心許《こころもと》ない気分になるとは思わなかった。前世の感覚からすれば、いつものケバい格好のほうがあり得ないことは分かっているのだけれど、もはやコスプレがないと、なんだか丸裸で学園を歩いている気分になる。もしかして、縦ロール依存症になってしまったのだろうか。

「カミラ、どうしてさっき私の名前を呼ぼうとして止めたの？」

「それは、万が一にでも貴女の姿の噂が名前とともに殿下に伝わるといけないと思ったの。婚約者になりたくないのでしょう？」

「え、ええ」

カミラの冷静な答えに「なるほど」と一旦《いったん》納得するも、一部の人に私の素顔がばれたのに、名前を隠す必要があるのかしらと疑問に思う。

そんなことを考えながらカミラと一緒に渡り廊下を歩いていくと、先ほど私が水を被った場所で、周囲をきょろきょろと見渡しているモニカさんの姿を見つけた。

「あら、モニカさんだわ。あんなところで何をしているのかしら」

「……本当ね」

カミラが挙動《きょどう》不審なモニカさんを見つけて首を傾げた。もし予想通りなら理由はなんとなく分かるのだけれど、証拠がないのでとりあえず黙っておく。

そのまま様子を見ていると、モニカさんがこちらに気付いた。そしてつかつかと近づいてきて、カミラに尋ねる。

「ねえ、カミラさん。ルイーゼさんを見なかった？」

「『はい？』」

意外な問いかけに驚いて、カミラと同時に聞き返してしまった。どうやら目の前にいる私がルイーゼだと気付いていないようだ。そんなモニカさんに恐る恐る手を挙げて名乗る。

「あの、私、ルイーゼですけど」

「は？　はあぁー!?」

モニカさんは私の名乗りを一度スルーしかけて、再び慌てて私を凝視《ぎょうし》した。要するに2度見した。どうやらかなり驚いたようだ。

「う、嘘でしょ……」

「何？」

「……悪役令嬢のくせに、普段あえてあの格好なの？　なんて嫌味《いやみ》な奴！」

愕然としたあと、キッと睨みつけてそう吐き捨てるモニカさんに、カミラが聞き捨てならないとばかりに苦言を呈する。

「モニカさん、少し失礼が過ぎるのではなくて？　はっ！　もしかして貴女がルイーゼに水を？」

「な、なんのことかしら？　水なんて捨ててないけど？」

そんなふうに白を切ったモニカさんだけれど、お気付きだろうか。完全に語るに落ちている。

「誰も水を捨てたなんて言っていないわ。このことは貴女のクラスの先生に報告させてもらいますからね」

「な、な……！　言いがかりはやめてちょうだい！　失礼ね！」

真っ直ぐ背筋を伸ばしたカミラにビシッと言われて失言に気付いたのか、モニカさんが真っ赤になって言葉を詰まらせてしまった。そして最後まで白を切り通してプンプン怒りながら立ち去ってしまった。

「本当に仕方のない人ね……。殿下のことでルイーゼを妬《ねた》んでいるのかしら。何か思い当たることある？」

「あー、あるようなないような……」

もしかしたら殿下とランチをとった事実を知られたのかもしれない。それならば嫌がらせの動機として説明がつく。あくまで憶測《おくそく》だけれど。

モニカさんの背中を見送りながらはっと気付く。クラブの時間に随分と遅れてしまっている。モニカさんのことはこれ以上考えても仕方がないので、そのままカミラと一緒に学舎の廊下を足早に歩いた。

それにしても、カミラの教室を出てから何人かの学生とすれ違って、そのたびにじろじろと見られた。男子学生の中には顔を赤くする者までいた。

最初は自分が毛を刈られたアルパカみたいになっているからなのかと思っていたけれど、よく考えてみてようやく気付いた。

恐らくは廊下をスモック姿で歩いているのが原因だ。なるほどそういうことか。とにかく今は急がなくてはと焦りながら、足早に調理室へと向かった。

7章　素顔のままで

◇カスタードプリン

放課後、クラブの開始時間に随分遅れてしまったけれど、ようやくカミラと一緒に調理室に到着した。すでに他の部員は活動を始めていた。

カミラとともに顧問のリーグル先生に頭を下げて、遅れたことを謝罪する。

「リーグル先生、クラブ活動に遅れて申しわけありません」

「……ええと、貴女はどちらのご令嬢かしら？」

リーグル先生の予想外の質問に驚き、思わず目を丸くしてしまう。先ほどカミラが言っていた仮面を被っているという言葉は、大袈裟《おおげさ》でもなんでもなかったようだ。

素顔が分からない普段の姿は、もはや着ぐるみを着ているようなものだったのか。自分のケバい装いはコスプレ程度だと思っていたけれど、よもや着ぐるみレベルだとは思わなかった。

できる限り穏やかな笑顔を浮かべて、綺麗なカーテシーをしながら答える。

「クレーマン侯爵家のルイーゼですわ、リーグル先生」

「あ、あら。そうだったのね、ごめんなさい」

頬に片手を当て平静を装い答えてくれたけれど、リーグル先生は私以上に動揺しているようだ。今のを見て、もはやもう誰にどんな反応をされても驚くまいと心に決める。謝罪を済ませたあと、班の皆のところへ向かう。合流すると予想通りの反応が返ってきた。もう驚かない。

「あの、どなたでしょうか？」

「……ルイーゼよ」

「ええっ⁉」

着ぐるみに中の人なんていないのは、夢の国の住人だけよね。――遠い記憶に思いを馳《は》せる。

予想通りの反応に嘆息し、今日の活動内容についてカミラに尋ねた。カミラが皆に向かって話し始める。

「今日は遅れてごめんなさい。まだ準備段階でよかったわ。今日のお菓子も自由課題よ。この間はルイーゼの提案だったけど、今日は他に誰か、課題を提案したい人はいないかしら？」

カミラがそう皆に尋ねると、1人の少女が手を挙げた。少女の名前はリタ・シリングス。プラチナブロンドの髪を後ろで1本の三つ編みに纏め、アイスブルーの瞳を持つ超絶美少女だ。それなのに不思議と浮いた噂が全くない。そんな美少女リタが早口に提案してくる。

「夏に美味しいお菓子はどうでしょうか」

「夏に美味しいお菓子？」

　カミラが聞き返すと、リタが嬉しそうに言葉を続ける。

「ええ、バターを使った焼き菓子も美味しいのですけれど、口に入れたときにすっきりとするようなお菓子が食べたいのです。とはいえ、具体的なレシピを提案できるわけじゃないのですけれど」

　そう言いながらリタが私をチラ見する。リタの視線は何か提案してくれと訴えているように見える。無言の訴えを受けて、夏に美味しく感じられる、ひんやり系のお菓子を記憶の中から拾い出してみる。

　日本のレシピでいうと、かき氷、アイスクリーム、ゼリーなんかが思い当たるのだけれど、どれも冷蔵庫や冷凍庫がないと厳しいものばかりだ。冷やすための魔道具はギルベルトさんと製作する計画を進めてはいるけれど、今は発案段階で実用化はまだ先だ。

　ゼリーはよさそうだけどやはり冷やすものがないと固まらないだろうし、ゼラチンというものが存在するかどうか怪しい。ゼラチンを使わない、近い食感のお菓子というと……。

「プリン……」

「『プリン？』」

　なんとなく呟いてしまった言葉に、リタとカミラの声が重なる。２人の反応から察するに、プリンという言葉すら聞いたことがないようだ。確かにこの世界では見たことがない。

前世の日本では、カップの底の穴を開けて取り出すタイプの、既製品のプリンをよく買って食べていた。コンビニスイーツもなかなか侮《あなど》れないのだ。

コンビニのゼラチンのプリンも美味しいのだけれど、私は蒸し焼きのカスタードプリンが優しい味がして好きだった。——よし！

「『カスタードプリン』を作ってみましょう」

「「「カスタードプリン？」」」

私の提案に、皆の声が合わさった。蒸し焼きにするプリンならゼラチンを使わないから、出来上がっても常温で溶けることはない。もちろん個人的には冷やしたほうが好きだけれど、出来上がったプリンの容器を冷水で冷やすだけでも十分美味しそうだ。

「まずはカラメルソースを作るわね。これは私もちょっと自信がないのだけれど」

カラメルソースを前世で何度焦がして失敗したことか。なまじ既製品のプリンのカラメルソースを知っているだけに、あの色になるまで加熱してしまったのだ。何度も失敗して間違いに気付いた。

中火で砂糖水を煮詰めていくのだけれど、既製品のプリンの色合いよりも薄めで火を止めるべきだと思う。なぜなら、火を止めても余熱で焦げが進んでしまうからだ。

目的の色になったところで少量のお湯を加えて緩める。加熱した砂糖は恐ろしく熱い。煮立った砂糖の中にお湯を入れると、ジュウッと勢いよく蒸気《じょうき》が上がってちょっと怖い。そうして出来上がったカラメルソースをプリンの容器に分け入れていく。

「それでルイーゼ。どうしてカラメルソースは、火から下ろしても焦げていくのを止められないのかしら」

カラメルソースを作る過程を食い入るように見ていたリタが、突然身を乗り出して私に問いかける。なんだろう、この感じ、初めてじゃない気がする。

「そ、そうね。昔テレ……何かの本で、160度くらいからカラメル化の現象が始まるって読んだことがあるわ。でも焦げていくのが止まらない原因はよく分からないわ」

「なるほど。水の沸点は100度なのに、砂糖を加えるとかなり温度が上がるのね。砂糖の割合によって水が蒸発するまでの時間はまちまちよね。今度、砂糖を加熱して実験してみようかしら」

リタがぶつぶつと呟きながら何やらメモを取っている。そのメモって、プリンのレシピではないよね、とリタに突っ込みたい。カラメルソースの何かが琴線《きんせん》に触れたらしい。そんなリタを見ていて、前世で耳にした「リケジョ」という言葉を思い出す。

私はというと、「水の沸点が100度っていうのは小学校で習った気がするな」程度の知識しかない。お菓子作りの実体験で覚えた内容は忘れないけれど、作る工程の根拠や化学反応について考えた記憶はあまりない。

「次はいよいよプリンの卵液を作るわね。まず鍋に牛乳と砂糖を入れて中火にかけるの」

鍋を火にかける際、莢《さや》からしごき出したバニラの粒としごいたあとの莢も開いて一緒に牛乳に入れてしまう。ゆっくりと香りを移すように、決して火を強くしすぎないのがコツだ。要は砂糖が溶けさえすればいいのだから、あまり熱しすぎないほうがいいと思っている。

温めすぎると牛乳に湯葉《ゆば》のような膜ができてしまって、その膜を捨てるのはもったいない。牛乳の膜はとても栄養があるらしいから。

「それで、その膜は何度くらいでできるのかしら⁉」

「今日は膜ができる手前で火を止めるから、家で実験してみてね」

再び牛乳を食い入るように見て尋ねてくるリタに、笑いながら答える。なんにでも興味を持つ小学生のようで、可愛らしい。そしてだんだんリタの興味のツボが分かってきた。

砂糖が完全に溶けたあと、火から下ろして冷ました牛乳に、しっかりと溶いた卵を少しずつ混ぜ合わせる。そしてザルで濾《こ》して、ゆっくりと静かに卵液をボウルに移す。あとは作った卵液を、予めカラメルソースを入れておいたプリンの容器にレードルで分け入れていく。

「バニラの香りがとてもいいわね」

「そうよね。私、この香り大好きなの！」

カミラの言葉に嬉しくなって、思わず笑顔で同意してしまう。そして容器を天板に並べてオーブンに入れたあと、扉を閉める前に天板の中にたっぷりのお湯を注いでおく。

オーブンに入れる前に天板にお湯を張らないのは、女子の力では重すぎてひっくり返す恐れがあるからだ。前世で、お湯を張った天板をひっくり返す失敗をやらかしたことがある。プリンの卵液も何もかもひっくり返って、涙目になってしまったのだ。

そんな苦い記憶を思い出しながら低めの温度でゆっくりと焼き上げていく間に、バニラと卵のいい香りがオーブンから漂ってきた。

「待ち遠しいわぁ」

「美味しそうな匂いね」

「早く食べたいわね」

「卵液は何度で固まり始めるのかしら……」

班の皆が口々に呟く。１人だけ的外れな感想が聞こえた気がするけれど。本当は出来上がったプリンを冷やして食べると美味しいのに、もったいない。

「冷蔵庫さえできればな……」

ぼそっと呟いた私の言葉を、リタが耳ざとく拾い上げたようだ。真顔でつかつかと近づいてきて私のほうへ身を乗り出し、その美しい顔《かんばせ》を至近距離まで近づけてくる。

「何それ詳しく」

「……」

その言葉を聞いたとき、リタに感じた既視感《きしかん》の原因がようやく分かって苦笑した。

◇2人目の協力者

「冷蔵庫」という言葉を聞いて身を乗り出してきたリタに、昨日ギルベルトさんと話した「食材を冷やせる魔道具」のことを打ち明けた。するとリタは、アイスブルーの目をきらきらと潤ませながら訴える。

「ルイーゼ！　お願い、私にも手伝わせて！　魔法のことはあまり分からないけれど、断熱効果のある素材については私も協力できそうだわ！」

詰め寄ってくるリタについて、カミラが苦笑しながら説明を始める。

「ルイーゼ、もしその魔道具の完成を急ぐのなら、リタに協力を頼むといいわよ。彼女の科学知識の深さについては先生たちも舌を巻いているの。科学実験をしたいがためにこの製菓クラブへ入ったようなものだものね」

「そうなのね！　助かるわ、リタ。こちらこそよろしくお願いします」

「ありがとう、ルイーゼ！」

私の言葉を聞いて、リタは嬉しそうに破顔した。女神レベルの破壊力を持つ美しい笑顔を見て嬉しくなる。そして冷蔵庫の早期完成に光明《こうみょう》が差したことで心がうきうきしてきた。冷蔵庫が実現すれば、お菓子作りの幅が広がるからだ。

魔道具のことを話しているうちに、ようやくプリンが出来上がった。焼き上がったプリンをオーブンから取り出し、熱を冷ますためにプリンの容器を冷水に晒す。

すが入っていないといいのだけどと祈るような思いで、プリンの容器の1つに細い串を刺してみる。串に生地がつかないところを見ると、どうやら中までしっかりと固まっているようだ。

「すが入る」とは、卵や豆腐を加熱しすぎたときに水分が外へ抜けず、気泡を含んだまま固まってしまう状態のことだ。

すが入ると、食感が重要なファクターであるプリンの舌触りがかなり悪くなってしまう。やはりプリンは、滑らかでつるりとした食感でないといけない。

串を刺したプリンの表面をチェックしてみる。表面的にはすが入った様子は見えない。入っていると、表面にも歪《いびつ》な凸凹ができるのでなんとなく分かる。どうやら上手くいったようで安堵した。

もし中にすができてしまっているようなら、次回からもう少し温度を下げるなり、蒸し焼きする時間を短くするなり調整する必要がある。

バニラの甘い匂いを嗅いでいると、徐々に食欲がそそられてくる。ようやく食べられると胸がわくわくする。製菓班の皆も、一様にきらきらと期待に満ちた目で見ている。

「1人2個ずつありますからね。気に入ったら自宅でも作ってみてね」

「「「はーい！」」」

製菓班の面々が満面の笑みで答えた。出来上がったプリンをひっくり返してなんとか皿に載せようとする者、カップのままスプーンを差し込む者、それぞれのやり方で食べようとしている。リタはというと解体してすを探しているように見えるけれど、見なかったことにしよう。

「フルフルしてすごく美味しいわ！」

「本当に！　こんな食感初めてよ！」

「甘くて美味しい。それにいい香り……」

「残念。すは見つからなかったわ」

各々が感嘆の声を上げる中、見当違いの感想も混じって聞こえたけれど、聞かなかったことにした。そしてプリンを食べながらリタに尋ねてみる。

「リタ、明日の昼休み、よかったら私と一緒に魔道具製作の打ち合わせに行かない？」

「ええ、喜んで！」

リタがぱぁっと満面の笑みで答えた。よほど嬉しかったようだ。そんなふうに和気あいあいと皆でプリンを食べているところに、突然後ろから声をかけられる。

「姉上」

「え、オスカー？」

声のほうへ振り返ると、調理室の入口にオスカーが立っていた。調理室へ来たことなど今までなかったので、少し驚いてしまった。何かあったのだろうか。

「一体どうしたの？」

「実はカミラ嬢から連絡をいただきまして」

「連絡？」

真剣な顔で答えたオスカーに、思わず首を傾げてしまった。連絡って何についてだろう。オスカーの言葉を聞いたカミラが答える。

「保健室でルイーゼがシャワーを借りている間に、オスカーさまに連絡をして、貴女の制服をお願いしたのよ。帰るときにスモック姿じゃ目立つでしょう？」

「カミラ嬢には感謝します。お陰で屋敷から姉上のジャケットを持ってきてもらうことができました。ありがとうございます」

「いいえ、お気になさらないでください」

カミラがニコリと笑ったのを見て、オスカーが一瞬固まったように見えた。一体どうしたのだろうか。カミラはオスカーの反応には全く気付いていないようだけれど。

「オスカー、よかったらプリンを食べていかない？　私の分が1個余っているから。カミラ、ここで一緒に食べてもいいかしら？」

「ええ、いいわよ。オスカーさま、ごゆっくりなさってくださいね」

「あ、ありがとうございます」

頬を赤く染めるオスカーに、「もしかしたら」と思った。けれどオスカーのほうから何か告げるまでは、聞かないでおこうと心に決める。

「っ……！　なんだ、この美味しさは！」

「美味しいでしょ」

プリンの美味しさにオスカーは感動しているようだ。オスカーの表情を見て嬉しくなり、思わず笑みが溢れてしまう。やはり美味しいものは皆を幸せにするのだなぁとしみじみと思った。

プリンを食べ終わったあと、クラブに遅れてしまったお詫《わ》びに後片付けを申し出た。

「オスカーはどうするの？」

「ここで姉上を待っています。カミラ嬢から聞いたのですが、姉上に水をかけたのって誰だったのですか？」

「それは……」

なんと答えていいものかと言い淀《よど》んでいたところ、突然カミラが話し始める。

「モニカさんみたいです。本人は否定していましたけど、十中八九間違いないと思いますわ」

「そうですか。本当にあの人も困った人ですね……」

少し腹立たしそうに説明するカミラの言葉を聞いて、オスカーが指を顎に当ててしばし考え込んだ。顔を上げてこちらを向いて、真剣な表情で告げる。

「姉上、洗い物が終わるまで待っていますから、一緒に帰りましょう。しばらくはあまり1人で学舎内を歩かないようにしたほうがいいでしょう」

「わ、分かったわ……。クラブが終わるまで待ってもらうことになるけどいいの？」

「ええ、構いません。でないと……」

「でないと？」

「……いえ、それじゃここに座って待ってますね」

「え、ええ、ありがとう」

なんだかオスカーの様子がおかしい。こんなに過保護《かほご》な子だったかしらと不思議に思う。最後の洗い物はカミラも手伝ってくれた。カミラが遅れたのは私のせいだから1人でやると言ったのだけれど、「いいから」とにっこり笑って手伝ってくれた。

そして帰りの馬車に乗っているときに、オスカーが何か言いたそうにしているのに気付いた。けれど言い出せないようだったので、無理に追及することはしなかった。カミラのことかしらと思ったりもしたけれど、オスカーから打ち明けてくれるのを待つことにした。

（そういえば、素顔でいるところを殿下に見つからなくてよかったわ……。分からなくて大丈夫かもしれないけれど、念のために婚約者が決まるまでは用心したほうがいいわね）

そんなことを考えているうちに屋敷へと到着した。結局、オスカーが胸の内を打ち明けることはなかった。

◇中庭で会議

「完・全・武・装！　はぁ、なんだか安心するわ。私、いつか素顔に戻れる日が来るのかしら……」

翌日の金曜日、いつものように縦ロールと化粧をばっちり決めて学園へと向かった。軽く依存症になっているようなので、この先大丈夫かしらと不安になる。

あんなにずぼらな格好で学園へ行きたいと思っていたのに、いざ外で素顔になってしまうと心許なくて仕方がなかった。なんだか他の学生からはじろじろ見られるし。

今日の昼休みは中庭で、新魔道具についてのランチ会議だ。残念ながら前回使った資料室は予約が入っていて使えなかった。図書室は会議に向かないし、中庭がいいだろうと考えた。ギルベルトさんに中庭へ来てもらうように、オスカーに言伝を頼んである。

リタと待ち合わせをして中庭へ向かうと、ギルベルトさんは先に到着していた。

「お待たせしてすみません。あの、この子は製菓クラブの仲間で名前はリタです。科学知識に長《た》けた彼女にも協力してもらおうと思って」

「ギルベルトだ」

「リタです」

ギルベルトさんはやはりいつも通りだった。リタもせっかくの美しい顔《かんばせ》なのにニコリとも笑わない。けれど決して険悪《けんあく》な雰囲気ではない。

2人の様子を見て、「ああ、この2人、やっぱり似てるなぁ」とつくづく思う。なぜか私が真ん中に挟まれた状態で、長椅子に座ってランチを食べた。食事が終わったあと、いよいよ魔道具製作の話に移ることになった。

「冷蔵庫の件なのですが、断熱素材についてはリタに協力してもらおうと思うのです。彼女の科学知識は頼りになりそうですから」

「ほお？」

「早速ですが断熱壁には……」

リタがなんの前置きもなく、いきなり本題を話し始める。社交辞令も全くない無駄を省いた会話で、ギルベルトさんとリタが至極《しごく》合理的に話を詰めていく。

それを見ていて、学生同士の会話というよりは、なんだか前世の会社での会議を思い出す。会社の会議のほうがまだ余談が混じっていた気がする。

「ふむ、パイリアの樹液に気泡を含ませたものを固めるということか」

「ええ、あれならかなりの断熱効果が期待できるわ。まずはルイーゼが言ったように強化した板ガラスを複層にして、角をパイリアの樹脂で繋《つな》いで魔法で隙間の空気を抜く。その周りを気泡を含ませたパイリアの樹脂で覆って、さらにその外側を強度の高い薄い金属板で覆うのよ」

２人の言っているパイリアというのは、どうやら前世でいうところのゴムの木に近い素材らしい。パイリアの樹液は加工がしやすく、気泡を含ませた樹液を固めると、弾力のあるウレタンフォームのような素材になるらしい。ただし熱には弱いということだ。リタの話を聞く限りでは、ゴムの木からとれる素材のラテックスよりも加工がしやすそうだ。

加工素材に関しては全く分からないので、２人の話を理解できる範囲で聞いておく。ある程度話が纏まったところで、ギルベルトさんがニカッと笑ってガシッと両手でリタの手を取った。

「よしっ、残すところは設計と魔法陣の刻印だな！　あとはこちらで設計図を作らせてもらおう。リタくん、ありがとう！」

「どういたしまして」

「そしてルイーゼ！」

こちらを向いたギルベルトさんに、ガシッと両手を握られた。

「君のお陰で素晴らしい魔道具ができそうだ。ぜひ君が名前をつけてくれ。それと、オホン……最終的なデザインの話をしたいのだが、その、明日の休みにでも……」

ギルベルトさんの顔がなんだか赤くなっている。一体どうしたのだろう。ギルベルトさんが途中まで話したところで、突然後ろから声をかけられる。

「ルイーゼ」

ギルベルトさんに両手を握られたまま声のほうへ振り向くと、なんとアルフォンス殿下が立っていた。

「で……アルフォンスさま？」

アルフォンス殿下の突然の乱入に驚いてしまった。いつものように艶然《えんぜん》とした表情を浮かべてはいるものの、肩が上下しているように見える。

驚いて呆然としていると、ギルベルトさんに握られていた手を突然アルフォンス殿下に取られて引っ張られた。多少強引ではあるけれど、丁寧に扱われたので手首の痛みはなかった。

とはいえ、アルフォンス殿下に手を握られたのは、幼い頃、我が家の庭で指パクされたとき以来だ。突然手を握られて、頬が熱くなると同時に混乱する。

ふとギルベルトさんとの話が途中だったのを思い出して、アルフォンス殿下へ向けていた視線を慌ててギルベルトさんへと戻す。するとギルベルトさんも突然の出来事に驚いたようで、唖然とした様子でアルフォンス殿下を見ていた。

話を中断させてしまったことが申しわけなくて口を開こうとすると、遮るかのようにアルフォンス殿下が口を開く。

「ルイーゼ嬢……話が、あるん、だけど……ちょっと、いいかな？」

「お話、ですか？」

「うん」

「承知しました」

王太子殿下に「いいかな？」と言われて断れるはずもない。途中で退席するのを申しわけないとは思うものの、行かないわけにはいかないので、ギルベルトさんとリタに暇を告げる。

「ギルベルトさん、リタ、途中で申しわけありませんが、これで失礼します。あとはよろしくお願いします」

「あ、ああ、分かった。また連絡する」

「ルイーゼ、またね」

頭を下げて謝罪すると、2人に心配そうな表情を向けられてしまった。もうすぐ魔道具ができるとうきうきした気持ちだったのが、突然のアルフォンス殿下の登場によって緊張と混乱で頭の中が真っ白になってしまった。

再びアルフォンス殿下のほうへ向き直って気付いた。表情はいつも通り平然としているけれど、肩が上下しているだけではなくてこめかみに汗が滲んでいたのだ。

走っているところを見ていないのでなんとも言えないけれど、もしかして息切れしているのを懸命に隠しているのだろうか。何かあったのかと心配になってしまった。

大股で歩くアルフォンス殿下に手を引かれて、若干小走り状態でついていく。いつになく強引な態度に、何かしでかしてしまったのだろうかと不安になる。

そのまま中庭から離れて渡り廊下を1つ越えたあと、花壇のところまで連れていかれた。もう中庭からはだいぶ遠ざかって、ギルベルトさんとリタの姿は見えない。

急な出来事に動揺するあまり分からずにいたけれど、アルフォンス殿下と手を繋いでいることに気付いて、頬に熱が集まりだした。花壇の側でようやく立ち止まったので、思い切って事情を尋ねてみる。

「アルフォンスさま、何かあったんですか？　随分と息が……」

若干の不機嫌さを滲ませたアルフォンス殿下の表情を見て、さらに不安が大きくなる。私の問いかけに、ようやくこちらを向いて答える。

「いや、大丈夫。何もないよ。それにしても、随分彼らと、親しいんだね」

「ええ。今、ギルベルトさんとリタとは一緒に取り組んでいることがありまして」

「取り組んでいること？」

アルフォンス殿下に問いかけられたけれど、自分がお菓子を作っている事実を言えるはずもなく。かといって魔道具のことを秘密にしているわけではないので、なんと答えようかと悩んでしまった。

◇殿下の用件

下手に誤魔化しても、この先魔道具の完成が近づけば、なぜ隠していたのかとアルフォンス殿下に追及されるかもしれない。別に悪いことをしているわけではないのだから、隠す必要はないと結論を出した。

「ええ、魔道具についてちょっと……。ところでアルフォンスさま、お話とは？」

「あ、ああ。ルイーゼ嬢、その、この間君の屋敷でもらったクッキーなんだけど」

「はい」

私の問いに、アルフォンス殿下は笑みを浮かべて答えた。ようやく息が落ち着いてきたようで、表情にも余裕が戻ってきた。

いつもと随分様子が違ったので、本当は一体何があったのだろうと不安だった。けれど何も言われないのなら、これ以上追及するのはやめておくのが賢明だろう。

「美味しかったよ。君の家の料理人にお礼を伝えておいてくれないか？」

「はい、オスカーからも聞いています。アルフォンスさまのお気持ちは料理人にすでに伝えてありますので、ご心配いりませんわ。お心遣いありがとうございます」

「ああ、そう」

お礼を言うと、アルフォンス殿下が顔を逸らして何か考え込んでしまった。汗を掻いているのを見て、こめかみを拭いてあげるべきかどうか悩んでしまう。嫌われ作戦的に遂行すべきことなのだろうかと。

きっとアルフォンス殿下は、突然のスキンシップを厭《いと》うはずだ。でも、そうと分かって他人の嫌がる行為をするのは、人としてどうなのかと思わなくもない。

考えあぐねた結果、「ままよ」と懐からハンカチを取り出し、笑顔を浮かべながらこめかみに手を伸ばした。

「殿下、汗が……」

「あ、ああ、ありがとう」

するとアルフォンス殿下が今まで見たことのない、なんとも判断のつけられない表情で、大人しくされるがままになっているではないか。

しかも私がハンカチをこめかみに当てていると、ほんのり頬を染め、なんだか嬉しそうな笑みまで浮かべてこちらを見つめてきた。

そんな反応を見て、アルフォンス殿下のこの笑顔は社交辞令なのだろうかと思う。それとも私が行動の選択を失敗してしまったのだろうか。

今している行動は是《ぜ》なのか否なのか。そんな考えがぐるぐると頭の中を駆け巡り、正解が分からなくなってしまった。

それにしても、殿下の話とは、「クッキーのお礼を料理人に伝えて」という件なのだろうか。どうにも釈然《しゃくぜん》としないので、気を取り直して確認してみる。

「お話というのはそのことですか……？」

「あ、ああ。……いや、ちょっと待って」

私の問いに、アルフォンス殿下は再び何か考え込んでしまった。いつの間にやら笑みが消えている。

人の心の機微《きび》に敏《さと》いほうではないけれど、少なくとも今目の前にいるアルフォンス殿下から、いつもの余裕が感じられないのだけは分かる。

先ほどのクッキーのお礼は、オスカーからも聞いた内容だ。ギルベルトとリタと会っているのを遮って、こんな離れたところへ連れてきてまで話さなければいけない内容だろうか。思わず首を傾げてしまった。

言葉が紡ぎ出されるのをじっと待っていると、ようやく何かを思い出した様子で、アルフォンス殿下がゆっくりとこちらを向いた。安堵したような笑みを浮かべながら、話し始める。

「明日の午前中……」

「はい」

「君の家にクッキーのお礼を持っていくから、待っていてくれるかな？」

クッキーのお礼をわざわざ我が家まで持ってくるというのだろうか。オスカーなどしょっちゅう、王都で評判のケーキをアルフォンス殿下に差し入れしているらしいけれど、そのお礼ではなくクッキーのお礼をわざわざ？

アルフォンス殿下の真意が分からず、戸惑ってしまう。

「うちの料理人に、ですか？」

「うん、君の家の料理人に」

「……承知いたしました。明日、お待ちしていますわ」

「ああ、急で済まないね」

なるべく嬉しそうに見えるよう、にこりと笑顔を浮かべて返事をすると、アルフォンス殿下も安堵したかのように微笑む。

こんなにしょっちゅう、アルフォンス殿下はうちに来ていたっけ？　などと思いながらも、それでは「お礼のお礼」として、今夜のうちにまたクッキーを作っておかなければ。

明日、アルフォンス殿下が来られるなら、休顔日にできないなぁ、などと心の中で嘆息していると、突然後ろから声をかけられた。

「殿下！　はぁ、はぁ……探しましたよ。急に2階から、飛び降りて、走り出すから……あれ、姉上？」

「オスカー？」

「チッ」

声のほうを振り返ると、どれだけ走ってきたのか、オスカーが息を切らしながら立っていた。肩が上下に大きく揺れている。こちらを見て驚いているようだ。廊下、走っちゃダメ、絶対！

苦い思い出が一瞬脳裏に蘇る。

それはともかく、今交わされた会話に、なんだか信じられない言葉があって動転する。

(殿下が、2階から？　飛び降りて走った……？　それに今、殿下の舌打ちが聞こえたような気がしたわ。全て空耳《そらみみ》かしら。うん、きっとそうよね。いやだ、私、疲れてるんだわ)

目の前の状況を整理しようと、心を落ち着かせるべく深呼吸をする。一方、オスカーは慌てた様子で、アルフォンス殿下の無事を確認する。

「殿下、大丈夫ですか？　怪我は？」

「大丈夫だよ。心配かけてごめんね」

「もう！　あまり無茶はしないでください。……それで殿下、何があったんです？」

若干ジト目で問いかけるオスカーに、ようやく落ち着きを取り戻したアルフォンス殿下が平然と答える。

「2階の渡り廊下から下を見ていたら、子猫が大きな犬に襲われそうになっていたから、助けないといけないと思って急いでしまったんだよ。ごめんね」

「……へぇ。それで、助けられたんですか？」

「うん、大丈夫だったよ。ああ、よかった」

優しげな笑みを浮かべてほっと胸を撫で下ろすアルフォンス殿下を見て、「動物を助けるなんて優しいのね。流石殿下だわ」と感心してしまう。けれど、ふと追考し、思わず首を傾げてしまう。

（そういえば、学園に猫や犬なんていたかしら？）

オスカーのほうに目を向けると、なぜか哀れみを滲ませた眼差しでこちらを見ている。なんだか私だけ意味が分からず、疎外《そがい》されている気がするのだけれど、気のせいだろうか。

「殿下、そろそろ行きますよ。午後の授業が始まってしまいます」

「ああ、そうだね。それじゃあ、ルイーゼ嬢、また明日ね」

オスカーに急かされながら、アルフォンス殿下は神々《こうごう》しいまでに美しい笑顔を向けて挨拶をして立ち去っていった。

オスカーの眼差しの意味が分からないまま、午後の授業で教室へと急ぐ。まるで嵐のようだった……。

そして「明日来る」という用件は、アルフォンス殿下がオスカーに伝えておいてくれればよかったんじゃないだろうかと気付いたのは、放課後になってからのことだった。

8章　恋する王太子

◇庇ってくれたのは

階段から転落したあと、俺は学園の保健室で目覚めた。聞けば、目の前にいるモニカと名乗る少女が、俺を助けるために手を伸ばしたのだという。

『危ないっ！』

あれはモニカ嬢の声だったのか。夢の中で頬に触れてきた優しい手、そして仄かに香るバニラの匂い。――あれもそうなのか？

「ありがとう。そうか、君だったのか……」

モニカ嬢がニコリと微笑む。バニラの香りは全くしない。その笑顔に違和感を覚える。幼い頃に見た無垢な少女《ルイーゼ》の笑顔と全く違い、取り巻きの令嬢たちと同じあざとさが見え隠れする。

「アルフォンスさま……」

そう言ってモニカ嬢が俺の手に手を伸ばす。本能的に嫌悪感が湧き、すっと避ける。そしてニコリと微笑み、帰宅を促す。

「ごめんね。まだ少し疲れているみたいだ。君ももう帰りなさい」

「は、はい……」

モニカ嬢はあからさまに肩を落として、保健室から出ていった。出ていくのを見届けたあとですぐさまベッドを離れ、ブラント先生にことの次第を尋ねる。

「先生、私とモニカ嬢の他に、保健室に誰かいませんでしたか？」

「ええ、いましたよ。私と入れ代わりにルイーゼさんが帰宅しましたわ。とても顔色が悪かったのですけれど、どうしたのかしら。具合が悪いのかと思って引き止めたのですが、急ぐからと振り切って帰ってしまったのです」

「そうですか……」

ブラント先生が首を傾げながら心配そうに答える。頭の中にある予感が湧いてくる。もしかしたら……。

翌日、オスカーにルイーゼ嬢のことを尋ねてみた。助けてくれたモニカ嬢に対する疑念が拭えなかったからだ。

「オスカー、昨日保健室で、モニカ嬢が俺を助けたと言っていたんだけど」

「はい」

オスカーの表情を見るが、全く動揺した様子がない。モニカ嬢が俺を助けたという事実をすでに知っているのか。

「本当はルイーゼ嬢じゃないかと思っているんだ」

「……それは思い過ごしでは？」

「……そうか」

やはりオスカーの表情に変化はない。俺の言葉に平然と答えている。だがむしろ、変化がないことに違和感を覚える。まるで全てを知っているかのようだ。

モニカ嬢が俺を助けたことも、助けたのはルイーゼ嬢じゃないかと思っていることも、今初めて打ち明けたことなのだから、驚いて理由を尋ねてきてもよさそうなものなのに。

助けてくれたのがルイーゼ嬢だと半ば確信できたことで、これ以上オスカーに尋ねても無駄だと思った。

オスカーと別れたあと、事故のとき階段にいた婚約者候補の令嬢の1人、サンドラ嬢の教室へと向かった。サンドラ嬢は俺を見て酷く驚いている。

「サンドラ嬢」

「で、殿下……！　その、お体はもう大丈夫なのですか？」

「ああ、大丈夫だよ。心配をかけてごめんね」

「い、いいえ、お怪我がなくて本当によかったです。それと、その、私は押していません……」

目の前で顔色をなくしているサンドラ嬢の言葉に、責任を問われることを危惧している心情が見て取れた。不安げに怯えるサンドラ嬢を宥《なだ》めつつ、事情を尋ねてみる。

「心配しなくても、君たちを糾弾するようなことはしないよ。それよりも、あのとき誰が私を助けてくれたのか教えてくれないかな？」

そう尋ねると、サンドラ嬢は片手を胸に当て小さく安堵の息を吐き、か細い声で答えた。

「ルイーゼさまですわ。彼女を見間違えるわけありません。あの場にいた全員が知っていると思いますわ。その……彼女はかなり酷い落ち方をしていたので心配だったのです。階段下で殿下の下敷きになっていましたから……」

「……そう。ありがとう」

サンドラ嬢の教室から出たあと、歩きながら考える。予想していたよりも状況は悪いようだ。助けてくれたのはルイーゼ嬢で間違いなかった。モニカ嬢が俺を助けたなら、そもそも無傷であるわけがないのだ。モニカ嬢が無傷であることが嘘を証明しているようなものだ。

では今ルイーゼ嬢はどんな状態なのか。ブラント先生は顔色が悪かったと言っていた。酷い怪我をしているんじゃないのか？　大丈夫なのだろうか。怪我の状態が心配だ。

だが、なぜ俺を助けたことを隠すのか。オスカーは全ての事情を知っていると見て、まず間違いない。その上でルイーゼ嬢が助けてくれた事実を隠そうとしている。

ルイーゼ嬢は婚約者になりたくて、俺に秋波を送ってきていたのではないのか？　転倒して頭を打ってから、さらに輪をかけて派手な装いになり積極的に接近してきていた。自分を婚約者に選べと言わんばかりにだ。本当に婚約者に選ばれたいのなら、自分が助けたと進んで名乗り出るはずだ。

だがルイーゼ嬢もオスカーも、助けたことを隠そうとしている。ルイーゼ嬢は婚約者になりたいのではなかったのか……？　腑《ふ》に落ちない要素の1つ1つが噛み合わず、俺は混乱したまま悩み続けた。

階段から転落してから1週間、ルイーゼ嬢に会うことはなかった。オスカーに聞くと、学園には来ているが、昼休みは忙しくて来られないのだろうと言っていた。毎日誘いに来ていたルイーゼ嬢が急に来なくなったのは、どう考えても不自然なのに。

助けてくれたのがルイーゼ嬢だという事実を知ったことを、モニカ嬢には悟らせないほうがいいかもしれない。なぜなら、モニカ嬢の嘘には悪意を感じるからだ。目的が俺を落とすことだけならばまだいいが、悪意がルイーゼ嬢に向く可能性を考えると、真実に気付いていないふりをするのが得策だろう。

モニカ嬢の嘘を詳《つまび》らかにするのは、もう少し調べてからでも遅くはない。急いで糾弾すべきではないと判断して、モニカ嬢には助けられて感謝をしているように接した。

会ってさらに観察して分かる。モニカ嬢の表情からは打算と欺瞞《ぎまん》が見て取れる。表情を観察することに関しては、人よりも長けていると自負している。だてに幼い頃から腹黒い大人たちをあしらってきたわけではない。俺を騙せると思っているモニカ嬢の浅慮《せんりょ》さに、思わず苦笑する。

俺が抱いている疑念は、オスカーにも悟らせるべきではないだろう。理由は分からないが、ルイーゼ嬢が婚約者に選ばれないようにしていて、なおかつオスカーも協力しているようだからだ。オスカーに話せば途端に警戒され、詳しく調べることができなくなるだろう。

事故からちょうど1週間が経った火曜日のことだった。モニカ嬢がやってきて、紙に包んだクッキーを差し出した。上目遣いをしながら、媚びたような声音で言葉を連ねた。

「これ、製菓クラブで私が作ったんです。粗末なもので恥ずかしいのですけれど、よかったら召し上がっていただけませんか？」

「へえ、モニカ嬢は器用なんだね。だけどごめんね。特定の者が作ったもの以外は食べないように言われているんだ」

「ええ、そんな……」

他人の善行を自分の行動だと平気で偽《いつわ》れる者の作ったものなど、口にするわけがない。それに、断りの理由はまぎれもない事実だ。他人の手作りを口にしないのは、幼い頃からの自衛手段の1つだ。

すると断られて萎れるモニカ嬢を哀れに思ったのか、オスカーがクッキーを受け取り口にした。媚薬でも入っているのではないかと、一瞬心配してしまった。

そのままクッキーを食べるオスカーの様子をじっと見ていると、どうも様子がおかしい。食べた瞬間、明らかに動揺して見えたのだ。

すぐに平静を取り戻したが、モニカ嬢のクッキーを取り上げて懐にしまおうとしている。そんなオスカーの行動から、何かを隠そうとしているのが分かった。

「オスカー？　どうしたの？」

「いえ、殿下。どうもしません。気に入ったのでもらっただけです」

ニコリと笑って問いかけると、オスカーもまたニコリと笑って淡々と答えた。

「そんなことないよね。だって君の態度がおかしいもの。それ見せて」

「殿下に職人以外の手による飲食物をお渡しすることは許されていません。もし破ったら陛下に怒られますから」

片手を差し出してクッキーを渡すよう要求しても、オスカーは頑なに拒否した。

「それは毒や媚薬なんかの混ぜ物を警戒してのことだから。君、今食べて平気だっただろう？」

「あっ、お腹が……」

急に腹痛を装うオスカーが可愛くて、思わず笑いそうになるのを堪え、あえて冷然と強要する。

「オスカー……？　渡して」

「……」

オスカーはとうとう観念して、渋々ながらも懐のクッキーを差し出した。そのクッキーを1つ摘んで口にして驚いた。それは以前、オスカーが執務室に持ってきたクッキーとほぼ同じものだった。執務室のクッキーと違うのは、アーモンドが入っている点だけだった。

ここで再び疑問が生じる。なぜモニカ嬢が、オスカーの家の料理人が作ったクッキーを持っているのか。モニカ嬢は製菓クラブで作ったと言っていた。そして、オスカーはそれを隠そうとしている。

オスカーの家、製菓クラブ。――オスカーが以前持ってきた経緯を考えると、このクッキーがモニカ嬢が作ったものでないのは確かだ。どうやら製菓クラブについて詳しく調べてみる必要がありそうだ。ふと蜂蜜色の金髪を派手に巻いている少女の姿が脳裏をよぎる。

「モニカ嬢は本当に家庭的な子だね。君が作ったクッキーはとても美味しいよ」

モニカ嬢にもオスカーにも疑念を悟られないように、当たり障りのない感想を述べた。

「そんな……嬉しいです。私なんかの作ったものをそんなに褒めていただけるなんてっ」

モニカ嬢がもじもじとはにかみながら答える。そんなモニカ嬢に微笑みながら考えた。

目の前の腹黒い少女を遠ざけたいのはやまやまだが、モニカ嬢の悪意がどの程度のものか予想がつかない以上、下手に刺激すべきではない。

ここでもまた、モニカ嬢はルイーゼ嬢にとって代わろうとしているのではないか。その可能性がある以上、モニカ嬢を煽ってルイーゼ嬢に危害が及ぶことだけは、絶対に避けなければならないと思った。

◇本当のルイーゼ

モニカ嬢がクッキーを持ってきた日の翌日、俺は放課後に教室の外を見ながらルイーゼ嬢のことを考えていた。

モニカ嬢とともにルイーゼ嬢が製菓クラブに在籍していることを、顧問のリーグル先生に今日確認した。モニカ嬢は全くクラブに顔を出していないらしい。

今日得た情報と昨日までの状況から推察する。オスカーが執務室に持ってきたクッキーと昨日モニカ嬢が持ってきたクッキーは、同じ人物が作ったものだ。オスカーの家の料理人が作ったクッキーを、モニカ嬢が持ってくるはずがない。

逆に考えると、モニカ嬢が製菓クラブでもらったらしいクッキーを、オスカーのほうは家から持ってきたことになる。そして夢の中の――ルイーゼ嬢のバニラの香り……。

「オスカーの屋敷にいる製菓クラブ部員といったら、1人しかいないよな……」

クッキーをルイーゼ嬢が作ったと仮定して、なぜ隠す必要があるのか。ルイーゼ嬢が婚約者候補に選ばれないようにするためなのか。周囲に聞こえないほどの小さな声で独りごちていると、教室に来たオスカーに話しかけられた。

「殿下、どうしたんですか？　何か悩み事でも？」

「いや……。最近ルイーゼ嬢を見かけないけど、頭は大丈夫なのかな？」

「頭のほうは傷もなかったようですし、屋敷に戻ってきたときはぴんぴんしていたので大丈夫だと思いますよ。姉もいろいろと忙しいのでしょう」

やはりオスカーはルイーゼ嬢の怪我を隠そうとしている。あれから調査して、ルイーゼ嬢が酷い怪我を負っていることも突き止めた。本当に可哀想なことをしてしまった。

夢の中で俺に差し伸べられた優しい手と仄かなバニラの香りは、ルイーゼ嬢のものだ。危ないと叫んだのもルイーゼ嬢だ。クッキーの事情はまだ掴めていないが、階段から転落したのを助けてくれたのがルイーゼ嬢だったということだけははっきりしている。

自分を遠ざけようとしていた俺を身を呈して庇い、ルイーゼ嬢は大怪我を負った。その事実からも、ルイーゼ嬢が俺を大切に思ってくれていることが窺える。

俺の脳裏に、遥《はる》か昔の記憶がふっと蘇る。12歳のときにオスカーの屋敷を訪ね、薔薇の咲き誇る庭を見て回った。

俺はすでに襲撃の憂き目に遭ってはいたが、そのときはまだ薔薇が嫌いではなかった。

『どうですか？　とても綺麗でしょう？』

『本当だ。とても綺麗な薔薇だね』

エメラルドグリーンの目を細め、花が咲くような無邪気な笑顔を俺へと向ける少女。初めて会ったときの恥じらう表情に心惹かれた。可憐で無垢で表情がくるくると変わるルイーゼ嬢をもっと知りたい、もっと笑顔を見たいと強く思った。

ルイーゼ嬢の問いに、彼女が喜ぶであろう答えを告げると、柔らかな蜂蜜色の金髪を揺らしながら、嬉しそうに顔を綻ばせて俺に告げた。

『1本差し上げます』

俺よりもまだ遥かに体の小さなルイーゼ嬢は、無防備にも薔薇の茂みにか細い手を突っ込み無理やり薔薇を手折ろうとした。自分のために無茶をしてくれたのが嬉しくはあったが、薔薇の棘で傷ついたルイーゼ嬢の指の血を見たとき、怪我をさせたことで焦ってしまった。

俺はすぐさま手を取り、血を止めるべく指を咥えた。ルイーゼ嬢はそれを見て驚いたように目を丸くし、真っ赤になった。俺の行動がルイーゼ嬢の頬を染め、動揺させたのであろう事実に胸が高鳴った。

そしてルイーゼ嬢が俺のために、傷を負ってまで薔薇を手折ろうとしてくれた行動が嬉しかった。ルイーゼ嬢からは、純粋に俺を喜ばせようとする気持ちが伝わってきたからだ。

それまでは、俺から何かを奪おうとはすれど、喜びを与えようと行動してくれた者は1人もいなかったのだから。

ルイーゼ嬢の心に入り込みたい。そんな気持ちもあったのだろう。指を咥えるなど行きすぎた行為だと分かっていた。だが、ルイーゼ嬢の心の一部に自分を刻み込みたいという衝動に逆らえなかった。

俺はあのとき、ルイーゼ嬢に対して初めての感情を抱いた。まだ決して大きな気持ちとは言えなかったが、胸に芽生えたばかりの未知の感情は小さくとも確かに存在したと思う。14歳のときにルイーゼ嬢が婚約者候補に選ばれ、それを密かに喜んでいる自分に気付いた。

だが俺は、その初めての感情に名をつけることなく、心の中の見えない場所へと封じ込めてしまった。

再会した彼女は、素顔が分からないほどに様変わりしていた。俺を襲ってきた女たちと同じような派手な外見へと変わり、きつい薔薇の香水を纏っていたのだ。変わってしまったルイーゼ嬢を見て、会わなければよかったと思った。俺はそのときに初めて薔薇を嫌いになったのだ。

幼い頃に芽生えた感情を封じ込めてから、ルイーゼ嬢のことをなるべく見ないようにしていたし、考えないようにもしていた。ルイーゼ嬢の姿を見て、変わってしまったことを再認識するたびに胸が苦しくなるからだ。

だが、ルイーゼ嬢が転倒して頭を打ったあの日から、明らかに様子が変わった。転倒した直後、一瞬、あの思い出の頃の素のルイーゼ嬢が見えた気がした。すぐに気のせいだと頭の隅に追いやったが、ルイーゼ嬢が助けてくれたという事実を知ってから何かが引っかかる。

一体俺は、今までルイーゼ嬢の何を見ていたのだろうか。再会してその姿を見たときに、俺が恋心を抱いたルイーゼ嬢はいなくなってしまったと思った。派手な外見ときつい香水があまりにも襲撃者たちと重なっていたために、反射的に嫌悪してしまったのだ。

だが外見が変わったことは、ルイーゼ嬢そのものが変わったことと同じなのか。外見というフィルターで、肝心なものが見えなくなっているだけではないのか。

次々と湧き上がる疑念が次第に明確な形となっていく。そしてルイーゼ嬢の真実をなんとしても確かめなければいけないと強く思った。

「ふうん、そうか。まあいいや。それよりも今日君の屋敷へ行きたいんだけど、いいよね？」

「ああ、何か用事があるんですか？　今日、僕は1週間後の試験へ向けて勉強に集中したいんですが」

「そっかぁ。用事はあのクッキー……ほら、オスカーが執務室に持ってきたあのクッキーだよ。あれ美味しかったから、君の屋敷の料理人に作ってもらえないかと思ってね」

「明日、学園へ持ってきますよ。殿下がわざわざ屋敷に足を運ぶこともないでしょう」

動揺を懸命に隠そうとしているのか、オスカーの表情に感情の動きは見えない。けれど今まで一度も訪問を断ったことがないというのに、来てほしくないという明確な拒絶を感じる。ここは本心を悟られないよう、強引に押し通すか。

「んー、オスカーの屋敷へ行くのも久しぶりだし、君の父上にも会いたいしね。まあ行くよ」

「分かりました。時間は何時頃に？」

「君が帰るときに一緒に伺うよ」

渋るオスカーから約束を取りつけた。クッキーを作ったのが誰かは半ば確信しているものの、やはり真実を確かめたい。今日、オスカーの屋敷でその願いが叶《かな》うといいのだが。

学園を出て、オスカーの屋敷を訪問した。ここに来るのは久しぶりだった。

サロンで侍女に入れてもらった紅茶を口にしていると、オスカーが着替えを済ませて自室から戻ってきた。今から料理人にクッキーを作らせると言う。時間がかかるから城へ持参すると言うが、ここで待つからいいと断った。

そのまま30分ほどオスカーと雑談していると、テオパルトの帰宅を知らされた。出迎えと先触れのためにオスカーが席を離れる。1人になったとき、側に控えていた侍女に手洗いに行くと伝えて席を離れた。もしクッキーを作ったのがルイーゼ嬢なら、今調理場にいるのは……。

幼い頃から訪れていたこの屋敷の造りは知っている。手洗いのほうへ向かいながら、侍女から見えなくなったところで調理場へ進路を変えた。このルートなら使用人に見られないだろう。あまり時間はない。

密かに調理場へ行き、開放された入口の陰から中を覗く。すると料理人たちと一緒に、幼い頃に初めて会ったときと変わらぬままのルイーゼ嬢がいた。いや、一層美しくなっていた。

いつも豪奢《ごうしゃ》に巻かれている蜂蜜色の金髪は、緩やかなウェーブを描きながら腰まで下ろされ、後ろで編んで纏められている。そして顔はなんの化粧も施されておらず、昔の懐かしくもあどけない素顔のままだった。

柔らかな笑顔を料理人たちに向けながら、楽しそうにお菓子を作っているルイーゼ嬢の様子を見て、次第に頬が熱くなるのを感じた。

見た目が好みなのもあるが、ずっと封じ込めていた、幼い頃に初めて抱いた感情を呼び覚まされたからだ。胃の上のあたりがぎゅっとなる。ああ、これが俺が今まで知らなかった感情か……。

「俺は一体、今まで何を見ていたんだ……」

ルイーゼ嬢の手首には包帯が巻かれており、実際に目にするとかなり痛々しかった。全て俺を守るために負った怪我だ。

怪我を負った左手を庇いながらお菓子作りの作業に勤しむ姿が、見ていてとても痛々しい。作ったのがルイーゼ嬢だと半ば確信していたにも関わらず、お菓子を作ってもらうなんて配慮が足りなかったと反省した。

そんなルイーゼ嬢を見て、溢れ返るほどの愛おしさで胸が苦しくなる。呼び覚まされた感情が、またさらに大きく育とうとしている。この先ルイーゼ嬢がどんな外見に変わろうと、この気持ちはきっともう止まらないだろう。

一方で、なぜ隠そうとするのだという疑問がより強くなった。この先ルイーゼ嬢から婚約者になりたくないと拒絶されたら、今度こそ立ち直れないかもしれない。

俺は間違えていた。再会以来ずっと。ルイーゼ嬢は何も変わっていなかったのだ。派手な外見に対する嫌悪感のフィルターで見えていなかったが、あの柔らかな笑顔はずっと俺に向けられていたのだ。

「俺は愚かだな……。再会してから4年も無駄にした。大切なものはすぐ側にあったのに」

激しく後悔し、自嘲する。そして手洗いのほうを経由してサロンへと戻る。するとすでにテオパルトを伴って、オスカーが戻っていた。表情には焦りが見える。秘密がばれたのではないかと危惧しているのだろう。

警戒されて婚約者候補を辞退されないよう、真実を知ったことを隠すべきだと判断した。それでもルイーゼ嬢に直接拒否されたら、受け入れるしかないのだろうか。不安を胸に抱きつつも、ハンカチで手を拭くふりをしてオスカーのほうへと歩いていく。

「ああ、ごめんね。手洗いを貸してもらっていたんだよ。少々紅茶を飲みすぎてしまったようでね。……おや、テオパルト。おかえり」

にこやかに挨拶を済ませたあと、テオパルトは「クッキーを受け取るときはオスカーに毒味をさせるように」と言いおいて自室へ下がった。完全に平常心を取り戻したオスカーが尋ねてくる。

「すみません、だいぶお待たせしてしまって。手洗いの場所は分かりましたか？」

「俺がいつからこの屋敷に出入りしてると思ってるんだい？　勝手知ったる、さ。心配いらないよ」

「そうですか」

お陰で速やかに調理場へ行くことができた。ここを離れたのはものの5分程度だ。大したことはできまいと思ったのか、俺の答えを聞いてオスカーが安堵した表情を見せた。

◇ルイーゼとのランチ

学園の教室の窓際で、俺は昨日の出来事を思い出していた。クレーマン邸を訪問して、本当のルイーゼ嬢を見失っていたことに気付いた。幼い頃に屋敷の庭を散策した記憶を辿りつつオスカーと会話をした。オスカーはあまり覚えていなかったようだが、俺はよく覚えている。

俺の記憶の中には、薔薇の咲き乱れる庭で屈託《くったく》なく笑う幼い頃のルイーゼ嬢の姿がはっきりと残っている。その記憶に、幼い頃と何も変わらない昨夜のルイーゼ嬢の姿が重なる。幼い頃も俺のために薔薇で怪我をした。他人のために無鉄砲な行動をしてしまうところも、昔と全然変わらない。

屋敷でルイーゼ嬢の作ったクッキーを口にして、美味しさへの感動を上回るほどの嬉しさが込み上げた。俺のためにルイーゼ嬢が作ってくれたのだと思うと、喜びで胸が熱くなった。

それと同時に、ルイーゼ嬢が俺のことをどう思っているのかも分からなくなった。少なくとも以前は慕ってくれていたと思う。だが今は、距離を置かれているようにしか思えないのだ。

ルイーゼ嬢の本心を確かめたいが、これまでの俺の態度を考えると尋ねにくい。自分はこんなに臆病な性格だったかと疑問に思う。

昼休みになった。階段の転落事故以来、婚約者候補の令嬢たちに囲まれることもなくなった。

そして、どうせ今日もルイーゼ嬢が来ることはないのだろうと気落ちしている自分に気付く。

一度気持ちを自覚すると、ルイーゼ嬢の動向が気になって仕方がない。

ルイーゼ嬢の気持ちを想像して落胆していると、教室の外で俯いて、何やら煩悶しているらしきルイーゼ嬢の姿を見つけた。

胸が高鳴った。この機会を逃したくない衝動に駆られ、即座に近づく。ルイーゼ嬢はこちらに気付いていないようだ。

「どうしたの？」

「いえ、なんでもないですワァッ！」

声をかけられて酷く驚いたルイーゼ嬢を見て、可愛いと思う。外見はいつもの派手な装いだが、一度素の彼女を認識してしまえば、もはやなんのフィルターもかからない。

ルイーゼ嬢はやはり、左手首を俺の視界から隠しているようだ。怪我をしていることを悟られたくないのだろう。何を悩んでいるのか知らないが、余計なことなど考えさせたくない。

「でん、アルフォンスさま、ご機嫌麗しゅう存じます。今日はオスカーがいないか見にきただけですの。残念ながらいないみたいですわね。それでは失礼します……」

立ち去ろうとするルイーゼ嬢に、焦って手を伸ばす。肩に手をかけて引き止めた。逃がさない。逃がしたくない。そんな思いを心の内に秘め、にこやかに平静を装う。だが内心は拒絶されるのではないかと気が気ではない。ルイーゼ嬢の肩に載せた手に、全神経が集中しているのが分かる。

「今日、オスカーはいないけど、たまには一緒にランチでも食べない？」

「えっ、私とですか？」

ランチに誘ったときのルイーゼ嬢の反応を見て、ここへ来たのはなんのためだろうかと思った。だがせっかく会えたのだし、最大限にこの機会を生かしたい。ルイーゼ嬢はよもや誘われるとは思っていなかったような混乱した表情を浮かべている。

（そう思わせたのは俺のせいだよね……。ごめんね、ルイーゼ）

ルイーゼ嬢は戸惑いながらもランチの誘いを了承してくれた。拒絶されなかったことに内心安堵する。

少しでも一緒に過ごしたい。そしてきちんと向き合って、あわよくばルイーゼ嬢の気持ちを知りたい。そんなことを考えながら、彼女を連れて食堂の貴賓席へと向かった。

食堂の貴賓席に着き、向かい合わせに座ってランチを注文する。ルイーゼ嬢と食事をするのは初めてだ。

ルイーゼ嬢はというと、緊張しているのか表情が硬い。手首の怪我をテーブルの下にさりげなく隠している。

「何か注文はある？　特にないならこちらに任せてもらうけど」

「大丈夫です。好き嫌いをしないのが信条ですわ」

貴族令嬢らしくない答えに思わず笑みが零れる。ルイーゼ嬢は平静を装いながらも仄かに頬を染めている。そんなルイーゼ嬢が途方もなく可愛くて、胸が温かくなる。これが好きだという気持ちなのだろうか……。未体験の感情が、よく分からない。

「ところで、その手、怪我してるんだろう？　大丈夫？」

「え？　ええ、大丈夫です。お気遣いは無用ですわ。屋敷で扉に挟んだだけですので。オホホ」

心配して尋ねると、怪我の理由を胡麻化されてしまった。隠そうとするルイーゼ嬢の明確な意図を感じ取り、今さらながらに胸がズキリと痛む。

覚えていてくれないだろうかという淡い期待を抱きつつ、幼い頃の薔薇の咲き誇る庭での出来事を話す。

「昔、君の屋敷を訪問したとき、オスカーと3人で庭を散策したんだ。そのときに私が『とても綺麗な薔薇だね』と言ったら、君が『差し上げます』と言って、庭の薔薇を無理やり手折ろうとしただろう？」

「あ……」

「そのときに君は、薔薇の棘で怪我をして指から血を出してしまった。それで私はそれを……」

「で、でん、アルフォンスさま、どうかそれ以上は！」

ようやく思い出してくれたようで、ルイーゼ嬢は作った笑顔を一気に崩し、頬を真っ赤に染めた。もはや感情を隠す余裕もないようだ。羞恥に悶えるルイーゼ嬢が可愛い……。覚えていてくれたことが嬉しい。

ルイーゼ嬢の様子があまりに可愛くて、思わず吹き出してしまう。そして恥ずかしがる目の前の少女をさらに追い詰めたい衝動に駆られる。

「プッ、ごめん。そんなに恥ずかしがるとは思わなかったんだ。そういえばあのときも顔を真っ赤にしていたね」

「お願いですから、もうそれ以上は仰らないでください……」

さらに頬を染めるルイーゼ嬢に、すぐにでも手を伸ばしてしまいたくなる。そんな感情をどうにか堪えるうちに、ルイーゼ嬢が平静を取り戻し、思い出したように媚びた笑みを浮かべながら尋ねてくる。

「アルフォンスさまは、私みたいな華やかな女性がお好きなんでしょう？」

「いや。どちらかというと私は、家庭的で優しい子が好きだね」

「そうですか。殿下の婚約者になれそうになくて、とても残念ですわ」

俺の答えにルイーゼ嬢が一瞬悲しそうな表情を浮かべたような気がした。外見が華やかなのは好きじゃないから正直に答えたが、家庭的で優しい子とはルイーゼ嬢を指したつもりだ。

どうも会話が噛み合っていないようだ。言葉の選択を間違えたのだろうか。そして婚約者になれないと言いながら、ルイーゼ嬢が安堵しているように見えるのは気のせいだろうか。

そういえば今日のルイーゼ嬢からは、いつものきつい香水の香りがしない。今までは薔薇の香水を大量につけていたようだが、ルイーゼ嬢は薔薇が好きなのだろうか。嗜好を知りたくて薔薇について尋ねてみる。

「それは殿下がお好きだと思っていたからですわ」

ルイーゼ嬢の答えを聞いて驚いた。特別薔薇を好きなわけではなかった。俺が薔薇を好きだと思って、薔薇のように華やかな女性になろうとした？　つまりルイーゼ嬢の外見が派手になったのは俺のせいということなのか？

ルイーゼ嬢が喜ぶだろうと思って選んだ言葉が、そんな勘違いを生むとは……。薔薇を好きだとはっきり口にしただろうかと再び古い記憶を辿るが、事実がどうあれ、俺がルイーゼ嬢を勘違いさせてしまったのは間違いない。

ルイーゼ嬢が溜息を吐きつつ、残念そうな表情を浮かべて告げる。

「アルフォンスさまが、私のような華やかな装いをお好みでなくて残念ですわ」

「君はいいんだ。そのままでも」

咄嗟に口をついて出た言葉に自分でも驚いた。正直なところ、今はルイーゼ嬢がどんな外見でもいいと思っている。だが昨夜のルイーゼ嬢を他の男に見せたくないという思いも瞬時に湧き上がったのだ。自分がこんなにも狭量《きょうりょう》だったことに驚いてしまう。

昨夜のルイーゼ嬢は、柔らかく穏やかに笑う顔が可愛らしくて、かつ美しかった。その上、そこはかとない色気まで感じた。あの姿を他の男に見せたくない。ルイーゼ嬢の本来の姿を知るのは俺だけでいい。

もしやこれが独占欲というものなのだろうか。嫉妬《しっと》、執着、独占欲。どれも初めて経験する感情だ。複数の感情に振り回されて、慣れない感情にどう対応していいか分からず戸惑ってしまう。やはりこれはあれに伴う感情なのだろうか。

戸惑う俺の気持ちをよそに、俺の言葉を聞いたルイーゼ嬢の表情が俄かに曇《くも》る。もしかして悲しんでいるのか？　——何か傷つけるようなことを言ってしまっただろうかと不安になる。

そんなつもりはなかったのに。

だがルイーゼ嬢は一瞬で平静を取り戻し、笑顔を浮かべた。作られた笑顔だ。昨夜調理場で見た楽しそうな笑顔とは違う。そんなルイーゼ嬢を見て酷く寂しくなる。苦しくなった胸のあたりをぎゅっと握る。ルイーゼ嬢の反応に一喜一憂《いっきいちゆう》する感情を抑え切れなくなっている。

だが俺の気持ちを伝えてしまえば、距離を置こうとしているルイーゼ嬢は逃げてしまうのではないだろうか。そう考えると、おいそれと気持ちを告げることもできない。

食事が終わるまでに、結局ルイーゼ嬢の本心を聞き出すことはできなかった。そして心なしか満足げな表情を浮かべたルイーゼ嬢を見て思う。今はまだ気持ちを知られなくていい。確実に大きくなっている感情を持てあましつつ、その日のランチを終えた。

◇守りたい

午後の授業が終わった。俺は昼休みのランチを思い出し、ルイーゼ嬢の本心を聞き出せなかったことに肩を落とす。はっきり尋ねなかった俺も悪いのだが、執着し始めている気持ちを知られて逃げられることを恐れた結果だ。我ながら全くもって不甲斐ない。

放課後、教室に来たオスカーに、ルイーゼ嬢をランチに誘ったことを話した。オスカーは酷く驚いていた。そのまましばらく雑談していると、焦った様子で少女が教室へ入ってきた。下級生だ。名前は確か……カミラ・ディンドルフ嬢だ。ルイーゼ嬢と同じ製菓クラブの部員だったはずだ。

ディンドルフ嬢は俺を見て目を丸くしたあと一礼し、オスカーに話しかけた。オスカーに用事があるようだ。随分探し回ったのか、呼吸が乱れている。ちらりとこちらを見て、若干話しにくそうに口を開いた。

「クレーマンさま、ルイーゼ……さまのことでお話が……」

ディンドルフ嬢の言葉を受けてちらりとこちらを気にしたあと、オスカーが続きを促す。ルイーゼ嬢の件らしい。オスカーは場所を変えるとかえって怪しまれると思ったのだろう。

「オスカーで結構です。カミラ嬢……ですよね？　いつも姉がお世話になっています。それで話とは？　姉に何かあったのですか？」

「実はルイーゼさまが、……恐らく故意に水をかけられまして、今保健室でシャワーを浴びているのです。着替えがないのでどうか使用人の方にお伝えいただいて、彼女の着替えをお持ちいただけないでしょうか？」

「水をかけられた……？　誰にですか？」

「それは……まだ分かりません。2階からかけられたようなのですが」

オスカーとディンドルフ嬢の会話から、何者かがルイーゼ嬢に水をかけたと聞いて、思い当たる人物が頭に浮かぶ。モニカ・トレンメル男爵令嬢だ。

悪意がルイーゼ嬢に向かわないように、モニカ嬢の言葉を嘘だと分かっていて受け入れるふりをした。だが、かえって逆効果だったかもしれないと後悔する。恐らく今日、ランチを2人でとったことでも知られたのだろう。最近はモニカ嬢の誘いをずっと断っていたから。俺はあることを思い立ち、横から言葉を挟んだ。

「多分、それは私のせいだと思う。ディンドルフ嬢、頼みがある」

「えっ⁉」

突然話しかけられて、驚いてしまったようだ。ディンドルフ嬢が目を丸くしている。

「ルイーゼ嬢は恐らく嫌がらせをされているのだと思う。気を付けてあげてくれないか？　守れとまでは言わないけど、なるべくルイーゼ嬢を1人にしないようにしてほしいんだ」

「え、殿下がなぜ……？」

「……婚約者候補の1人だし、オスカーの大事な姉君だからね。できれば、その……不埒《ふらち》な輩《やから》にも気を付けてくれると嬉しい」

「は、はあ……。承知しました。殿下が仰られるまでもなく、もとよりそのつもりですわ。ご心配なさらなくても大丈夫です」

「そう、ありがとう」

にこりとディンドルフ嬢に微笑み礼を言うが、全く頬を赤らめる様子がない。おまけに訝しそうに俺を見ている。「不埒な輩に気を付けろ」は言い過ぎたか。

自惚《うぬぼ》れるわけではないが、俺の周囲にいた令嬢は、微笑めば大体頬を染めていた。ディンドルフ嬢の反応を見て、今まで貴族令嬢を一括りにしていた俺の考え方は、間違っていたのかもしれないと思った。

不思議そうに俺とディンドルフ嬢のやり取りを見ていたオスカーが、口を開く。

「カミラ嬢の仰ることは分かりました。急ぎ使用人に姉の着替えを手配させましょう」

「助かります。それでは私は、これで失礼します」

ディンドルフ嬢は俺とオスカーにそれぞれ一礼して教室を出ていった。ルイーゼ嬢に害が及んでいる現状に、胸がざわめく。どうすれば守れるだろう。だがルイーゼ嬢に気持ちを悟られたくはない。

そこで1つの結論を出す。オスカーが訝しそうにこちらを見る。いつもと違う言動を不審に思ったのだろう。

「殿下、急にどうしたのですか？　姉に関心を持っていらしたとは思えませんが」

「以前はそうだったのかもしれない……。だけど少なくとも今は、ルイーゼ嬢に対して……好意を持っている……んだと思う」

「ふむ…………はぁ!?」

予想外の言葉に驚いたようで、オスカーが目を丸くした。ある程度は怪しまれていると思っていたのだが。

「なぜ急にそんな……」

「ルイーゼ嬢が階段で俺を助けてくれた事実を知ったんだ。そのせいで怪我を負ったことも」

「あー……」

オスカーが頭を抱えてしまった。隠していたことがばれたと観念したのかもしれない。

「そして、君とモニカ嬢が持っていたクッキーは、ルイーゼ嬢が作ったものだということも知った。悪いとは思ったけど、君の屋敷で確かめさせてもらった……。なぜ君たちが隠すのかは分からないけど」

「……すみません。それは僕の口からは……」

オスカーが言い淀む。ルイーゼ嬢の気持ちを酌んでのことだろうから、責めるつもりはない。

「いいよ。今話した俺の気持ちを、ルイーゼ嬢には言わないでほしい。その代わり、君たちが隠す理由も今はまだ聞かないし、仲を取り持てとも言わない。ただ俺は表立って動けないから、代わりにルイーゼ嬢を守ってほしいんだ。悪意や……不埒な奴から」

「……分かりました」

俺とルイーゼ嬢の板挟みで、これからもオスカーを悩ませてしまうだろう。だが、そこは許してほしいとしか言えない。身動きが取れなくて初動が遅れることで、ルイーゼ嬢の身に何かあったらと思うと怖い。そう考えて、オスカーにこの気持ちを打ち明ける決心をしたのだ。

それにしても、ルイーゼ嬢は今シャワーを浴びているというが、あの素顔を晒して歩くのかと思うと気が気でない。そんな自分の狭量さを再認識し、自嘲してしまった。

◇嫉妬の感情

翌日の昼休み、オスカーと中庭の見える2階の渡り廊下を歩いていて、ふと目に入った光景に、胸を掻きむしられた。ルイーゼ嬢が、ギルベルトと女子生徒と3人で、中庭にシートを広げ談笑していたのだ。

ギルベルトがルイーゼ嬢に向けている目が気になり、立ち止まって様子を見ていると、なんと彼がルイーゼ嬢の両手を握った。

気付いたら2階の渡り廊下の柵《さく》を乗り越えて、俺は空中に飛び出していた。恐怖など微塵も感じなかった。完全に意識は2人の繋がれている手に向いている。着地とともに低く屈《かが》みこんで、両足に伝わる激しい衝撃を逃がす。そのまま地面を踏み切って、全速力で駆けつけた。なるべく息切れを気取られないよう、呼吸を整えながら話しかける。

「ルイーゼ」

「で……アルフォンスさま？」

もうほとんど無意識だった。驚いているルイーゼ嬢の手を、そっとギルベルトから取り上げる。まだ包帯が巻かれて痛々しそうだ。

頬を染めながら、なおもギルベルトに話しかけようとする様子を見て苛立たしさがつのる。

そんなルイーゼ嬢の言葉を遮り、話しかける。

「ルイーゼ嬢……話が、あるん、だけど……ちょっと、いいかな？」

話の途中なのは分かっていたが、これ以上ギルベルトの目にルイーゼ嬢を映したくない一心だった。用件など何も思い浮かばない。一刻でも早くここからルイーゼ嬢を連れ去りたい。

ルイーゼ嬢は戸惑いながらもギルベルトたちに暇を告げた。そのやり取りを見守ったあと、すぐにルイーゼ嬢の手を引いて歩く。とにかく気持ちのままに、離れたところへと足を動かした。

そして大股で歩いていたことでルイーゼ嬢が小走りになっていることに気付き、ギルベルトたちが見えなくなった花壇の側で立ち止まる。

「アルフォンスさま、何かあったんですか？　随分と息が……」

「いや、大丈夫。何もないよ。それにしても、随分彼らと、親しいんだね」

これが嫉妬というものなのか。ルイーゼ嬢がギルベルトに手を握られているのを見て、いても立ってもいられなかった。

「ええ。今、ギルベルトさんとリタとは一緒に取り組んでいることがありまして」

話を聞いてみると、どうやらギルベルトたちと共同で魔道具製作に取り組んでいることが分かった。

だがギルベルトのあの目は……。俺は自身の感情に疎いことは自覚しているが、他人の感情の機微には敏いほうだ。ギルベルトが特別な感情をルイーゼ嬢に抱いている、もしくは抱き始めている気がしたのだ。

ルイーゼ嬢が用件を尋ねてくる。その言葉で我に返り、口実など何も考えていないことに気付いた。ふと頭に浮かんだ内容を口に出してみる。

「あ、ああ。ルイーゼ嬢、その、この間君の屋敷でもらったクッキーなんだけど。美味しかったよ。君の家の料理人にお礼を伝えておいてくれないか？」

「はい、オスカーからも聞いています。アルフォンスさまのお気持ちは料理人にすでに伝えてありますので、ご心配いりませんわ。お心遣いありがとうございます」

いよいよ何を話そうかと必死に口実を探す。友人との歓談《かんだん》を邪魔したのだ。それなりの用件でなくてはならないだろう。そう逡巡《しゅんじゅん》していると、突然ルイーゼ嬢が口を開く。

「殿下、汗が……」

「あ、ああ、ありがとう」

俺の汗を拭おうと、ハンカチを持ったルイーゼ嬢の手がこめかみに差し伸ばされた。予想外の行動に、走って火照った顔が余計に熱くなる。保健室で差し伸ばされた優しい手の記憶と重なる。やはりあの手はルイーゼ嬢の手だった。

ああ、隠し切れない。嬉しくて思わず笑みが浮かぶ。そのままルイーゼ嬢の手を握りしめたい衝動をぐっと堪える。そんな俺の表情を見て、戸惑っているらしいルイーゼ嬢の様子もまた愛おしい。

「お話というのはそのことですか……？」

「あ、ああ。……いや、ちょっと待って」

恍惚《こうこつ》としていて口実を考えるのを忘れていた。感情で思考が止まるなんて、今までの俺では考えられないことだ。

「明日の午前中……君の家にクッキーのお礼を持っていくから、待っていてくれるかな？」

「……承知いたしました。明日、お待ちしていますわ」

ルイーゼ嬢が笑みを浮かべて答えた。内心は混乱しているのだろう。ほんの先日訪問したばかりだ。俺と距離を取ろうとしているなら当然の反応だ。

ようやく思いついたのは取ってつけたような用件だが、すでに何を贈ろうかと思索を始めていた。どうせならルイーゼ嬢に飛び上がるほど喜んでほしい。

すると、すぐ近くの渡り廊下から声がした。オスカーだ。必死に追ってきたのだろう。息を切らしている。

「殿下！　はぁ、はぁ……探しましたよ。急に2階から、飛び降りて、走り出すから……あれ、姉上？」

「オスカー？」

「チッ」

ああ、オスカーが全部ばらした……。せっかく平静さを取り繕っていたのに、ルイーゼ嬢に怪しまれる。予想通り、ルイーゼ嬢はオスカーの言葉に驚いたように目を丸くしている。

オスカーはというと、飛び降りたことで相当心配したようだ。悪かったと反省する。あのときはああするしかなかったのだ。

「殿下、大丈夫ですか？　怪我は？」

「大丈夫だよ。心配かけてごめんね」

「もう！　あまり無茶はしないでください。……それで殿下。何があったんです？」

ただルイーゼ嬢を見かけただけで、2階から飛び降りたのはおかしいと思われるだろう。ギルベルトがルイーゼ嬢の手を取っていたから――などと言うわけにはいかないので、頭に浮かんだ言いわけを適当に答える。

「2階の渡り廊下から下を見ていたら、子猫が大きな犬に襲われそうになっていたから、助けないといけないと思って急いでしまったんだよ。ごめんね」

「……へぇ。それで、助けられたんですか？」

「うん、大丈夫だったよ。ああ、よかった」

これ見よがしに胸を撫で下ろして安堵したふりをしたが、少々白々しかっただろうか。オスカーにはもう気持ちを知られているからか、ジトリと見られた。

「殿下、そろそろ行きますよ。午後の授業が始まってしまいます」

「ああ、そうだね。それじゃあ、ルイーゼ嬢、また明日ね」

オスカーに促されてルイーゼ嬢に別れを告げる。ルイーゼ嬢は笑顔で礼をとった。明日また会えると思うとわくわくする。何を贈ろうか……。

プレゼントを手にして喜ぶルイーゼ嬢の顔を想像して、胸がくすぐったくなった。

外伝　貴公子たちの学園生活

◇ローレンツの受難

横薙《な》ぎに払った模擬剣の切っ先を、相手の首のすぐ横でぴたりと止める。

「うひぃ……」

「ふぅ……」

練習相手である同期の騎士、カスパルが蒼褪《あおざ》めてゴクリと息を飲んだのが分かった。それを見て剣を下ろす。緊張感から解放されたとばかりにカスパルは安堵の息を吐いた。

騎士団の練習場で、もうかれこれ3時間は剣を振り続けている。なぜだか今日は動かずにはいられないのだ。気力と体力が充実しているのが分かる。

「ローレンツ、お前今日なんかあったのか？」

「ん、なぜだ？」

「なんかいつにも増して、気合が入ってるというか、なんというか……」

「そうか？」

気合が入ってる、か。確かにすこぶる気分がいい。今まではただひたすら強さのみを突き詰めてきた。だが、誰かのために強くならなければと思うだけで、これまでとは比べものにならないほどの力が湧いてくる。

「それじゃ、もう1試合頼む」

「おいおい、勘弁してくれ……。もうかれこれ10試合はやってるぞ。それに俺でもう20人目だろうが……」

「そうだったか？」

「……ったく、それ以上強くならなくたって、お前はこの国じゃ無敵だよ！」

カスパルはそう言うが、騎士にこの程度でいいなどという到達点はない。私はもっと強くなりたい。いざというときに彼女を守れるように。

私は幼い頃からずっと父上のことを尊敬していた。当時はまだ父上は騎士団長ではなかったが、優しく、強く、貴賤《きせん》にかかわらず等しく民を守る、まるで騎士の鑑《かがみ》のような人だ。そんな父上のようになりたいというのが夢だった。

『いたっ！』

『まだ甘いな、ローレンツ。その切り返しじゃ、左脇ががら空きになってしまう』

『うう……』

『理屈で教えるのは簡単だがな、それだけでは咄嗟に動けない。最善の動きを反射的にやれるようになるためには、死ぬほど剣を振って体に覚え込ませるしかない。そのためには練習も実戦も数をこなせ、ローレンツ』

『はい、父上』

物心がついた頃から数え切れないほど父上と手合わせをして、圧倒的な力で容赦なく叩き臥《ふ》せられた。毎日、全身に生傷が絶えなかった。

そういった環境もあってか、幼い頃から同年代の子どもは手合わせの相手にならなかった。騎士団での評価が上がるたびに、「天才の血筋だから」とか「団長の息子だから」とか揶揄《やゆ》する人間も多かった。

確かに血筋は否定できないが、練習を重ねなくても強くなれるほど甘いものではない。だから毎日、掌から血が出るほどに剣を振って、必死で努力してきたつもりだった。周囲の不当な評価に腹立たしい思いをすることもあったが、そんなときはいつも父上の言葉を思い出した。

『誰がなんと言おうと、守るべきものを守れればそれでいい。己のために強くなるのではなく、誰かを守るために強くなるのだ』

その言葉を胸に刻み込んで腕を磨いてきた。

カスパルが口笛を吹いたあと、呟く。

「それにしても、今日も結構いるねぇ」

「……」

「よく飽きないもんだ、毎日毎日。まあ、他の連中は華やかになると言って喜んでるがな」

「はぁ、まったく……」

練習場の出入り口の外には、数人の令嬢が待ち構えている。彼女たちの目当ては恐らく私だろう。特に気を持たせるようなことをしているつもりはないのだが、一向に減る様子がない。

私はこういった令嬢たちが苦手なので、毎日出入り口で待たれてほとほと困っている。いっそ騎士団側で制限してくれるといいのだが。

「ローレンツさまぁ、お疲れさまです。よろしかったらこのハンカチを……」

「あの、レモン水を準備いたしましたの」

「私のハンカチを使ってください！」

——もう溜息しか出ない。毎日のこの時間は、練習時の100倍ほど疲れてしまう。令嬢たちには何度もこういうことをされると困ると断っているのだが……。

「いえ、いつも言っていますが、一切受け取ることはできません。他の騎士の移動の妨げになりますので、ご遠慮くださると嬉しいのですが」

そう言って傷つけないよう丁寧に断りを入れた。すると令嬢たちが口々に答える。

「以前、他の皆さまにも甘いものをお配りしたら、また来てくださいって仰ってくださいましたの」

「練習中はお邪魔しませんから、どうかお許しください」

すでに賄賂《わいろ》は配布済みということか。仕方がない。せめて私に対する贈り物だけでもやめてもらわなければ。

「……では、私のことは構わないでいただきたい」

「はぁ、そんなクールなローレンツさまも素敵ぃ……」

「……」

うっとりと私を見つめて呟く令嬢に、もはや言葉が出ない。だが確かに、他の騎士を慕ってきている令嬢も中にはいるかもしれない。他の騎士が受け入れているのならば、私が行動を制限する権利はないか。

今日初めて会ったルイーゼ嬢のことをふと思い出す。同じ令嬢でもこれほどまでに違うものなのか。

ルイーゼ嬢と出会ったのは、ほんの偶然だった。昼休みがもうすぐ終わる時刻で教室へ急いでいたのもあって、注意が散漫《さんまん》だったかもしれない。

——ドンッ

「痛っ！」

廊下の角を曲がったところで、女子生徒とぶつかってしまった。私の勢いのせいで怪我をさせてしまったかもしれない。少女を起こすべく咄嗟に手を差し伸べた。

「君、大丈夫ですか⁉」

私を見上げる少女の顔色が蒼褪めて、こめかみには冷や汗が滲んでいる。どうやらどこかを捻ってしまったらしい。懸命に痛みを堪えているのだろう。

「すみません。お怪我はありませんか？」

「あの、大丈夫です。走っていたのはこちらなので。私こそごめんなさい」

よく見ると左手首に包帯を巻いている。もともと怪我をしていた箇所を下敷きにしてしまったのか。もしかして、さらに症状が悪化しているのではないだろうか。これは相当痛いはずだ。可哀想なことをしてしまった。

明らかに痛みが酷そうなのに、少女は私を責める様子を全く見せない。それどころか自分が悪いのだからと言って譲らない。

私はあまり他人の外見を気にしないほうだが、少女の外見は一度見たら忘れることができないほどに華やかだった。ところが話してみると、華やかな外見から想像できないほどに謙虚《けんきょ》で穏やかな表情が見えてくる。

「もしかしてその手首を痛めたのでは？」

「大丈夫ですわ。そんなに痛くはありません。お気遣いありがとうございます」

痛みを懸命に我慢して大丈夫と言い張る少女の健気《けなげ》さに胸を打たれた。

痛くないわけがない。左手首に添えている手は震え、呼吸も乱れている。相当我慢しているに違いない。それなのに、私に気を遣わせまいと笑顔を作っているのだろう。

この健気な少女を助けたい。そんな強い思いが胸に溢れてくる。

「保健室へ行きましょう。さあ！」

「ひぃっ！　ちょっ、まっ……！」

あくまで遠慮しようとする少女を半ば強引に抱え上げて、急いで保健室へと運んだ。女性を抱えたのは初めてだが、こんなに柔らかくて軽いものなのか。腕の中で怯えている少女が、温かくて細くて弱々しくて、何が何でも守らなければいけない対象だと思えた。

そして保健室で聞いた彼女の名前は、ルイーゼというらしい。ルイーゼ・クレーマン侯爵令嬢。――オスカーの姉君に当たるのか。偶然とは、案外簡単に起こるもののようだ。

オスカーはよく王宮に出入りしていたので、幼い頃から知っている。馴染みの友であるアルフォンスの側にいつもいる、蜂蜜色の金髪の少年を思い出す。

そういえばルイーゼ嬢は、オスカーと髪と瞳の色が同じだ。……これからはオスカーを見かけるたびに、ルイーゼ嬢のことを思い出してしまうのではないだろうか。

ルイーゼ嬢はベッドに横になってからも終始遠慮がちで、転ばせてしまった私に気にしなくていいと笑顔を見せる。痛みを我慢しながら健気に微笑むルイーゼ嬢を見ていると、胸がぎゅっと締めつけられる。

結局、保健室ではあまり話すことができなかった。できることなら病院へ連れていって自宅へ送り届けたかった。ルイーゼ嬢は無事に帰りつけただろうか。心配だ。


あれから学園で、ときどきルイーゼ嬢を見かけるようになった。いや、以前からすれ違ってはいたのだろう。だがいつの間にか、どんなに遠くにいても目につくようになった。ルイーゼ嬢の姿は遠くからでも分かりやすいので、とても助かる。

華やかな外見ながら、表情はとても穏やかで、ときどき柔らかい笑みを浮かべている。そんなルイーゼ嬢の笑顔を目にすると、どんなに心がささくれ立っているときでも、次第に穏やかな気持ちになっていく。

「癒される……」

いつかじっくり話してみたい。ルイーゼ嬢のすぐ側であの穏やかな空気に包まれたら、どれほどの幸せで心が満たされるだろうか。

だがときどきルイーゼ嬢は、どこかを見つめて切なそうな表情を浮かべていることがある。あるとき、視線の先を辿ってみて驚いた。そこには幼馴染《おさななじみ》で王太子のアルフォンスがいたからだ。まさかルイーゼ嬢の想い人はアルフォンスなのだろうか。考えただけで胸が苦しくなる。

アルフォンスはあのような見た目で誤解されやすいが、女性に対して甘さなどは全くなく、豪胆《ごうたん》で一本芯の通った男だ。男としても友としても尊敬している。ルイーゼ嬢の隣に立ち得る男だとは思う。思うのだが……。

私はルイーゼ嬢に好意を抱いているのだろうか。確かにこの手で守りたいし、笑わせてあげたいと思う。この気持ちが異性に対するものなのか、妹に対するようなものなのか、今はまだ分からない。ただ、あの綺麗なエメラルドグリーンの瞳に自分の姿が映ったら嬉しいだろうと思う。

ある日、午後の授業の予鈴が鳴ったあと教室へ向かって歩いていると、いきなり横から何かがぶつかってきた。

最近は人とぶつかることが多いようだ。何かの厄《やく》にでも見舞われているのかと思ったが、ルイーゼ嬢に出会えたのは幸運以外の何ものでもないから、厄であるわけがない。

「きゃっ！　いたぁい……」

悲鳴とともに後ろに転倒して尻餅《しりもち》をついた少女が、痛そうに顔を歪《ゆが》めていた。だがルイーゼ嬢のときと違ってゆっくり歩いていたし、それほどの衝撃はなかったはずなのだが……。

「大丈夫ですか？」

「あんっ。足をくじいちゃったみたいです……」

「それは大変だ」

泣きそうな声で答える少女に手を差し伸べると、痛そうに目を潤ませながら私の手を取り立ち上がった。少女は潤んだ紫紺の瞳で私を上目遣いで見つめてくる。

こういった目で見つめられることは結構多いが、どうも昔から、か弱さを前面に押し出してくる女性は苦手だ。表情と裏腹のどす黒い気配を本能が拒絶するというか、狡猾《こうかつ》な肉食獣と対峙している気分になるというか、とにかく隙を見せたら負けだという気分になるのだ。

少女はもじもじと身を捩りながら、チラチラと上目遣いで私を見て恥ずかしそうに告げる。

「ありがとうございます。あの、私、モニカ・トレンメルといいます。あの、足が痛くて歩けないのでよかったら保健室に……」

「モニカさん！」

「ひっ……！」

少女の言葉を遮るように、背後に学園の教師であるクルーガー女史が現れた。両手を腰に当てて仁王立ちをしながら、眼鏡の奥から般若のごとき形相でトレンメル嬢を睨みつけている。

一方トレンメル嬢は、しまったというような表情で首を竦めている。一体何が起こっているのだろう。

そんなトレンメル嬢に、クルーガー女史が地を這《は》うような低い声で、唸るように告げた。

「貴女は、本当に毎回毎回、途中で逃げ出して……。まだ話は終わっていませんよ！」

「え、そんな……。だって授業に遅れちゃうじゃないですかぁ……」

「急いでいる割には、曲がり角の陰でじっと何かを待っていたじゃないの！　後ろから見ていたんですからね！」

「そ、そんなことは、ないですぅ……」

「とにかく今日という今日は逃がしませんよ！」

そう言って、つかつかとクルーガー女史がトレンメル嬢に近づいてくる。流石に怪我人に無理はさせられないので擁護《ようご》しようと口を開きかけたところで、トレンメル嬢が私の背後に向かって突然走り出す。

「ごめんなさーい！」

「お待ちなさいっ、モニカさんっ！　廊下を走ってはいけません！」

ストロベリーブロンドの髪を靡かせながら走り去っていくモニカ嬢と、それを追いかけるクルーガー女史を見送りながら唖然と呟く。

「あ、足は……」

トレンメル嬢の足はすこぶる元気に動いているようなので、とりあえずは安心だ。そして、やはり本能の警鐘《けいしょう》が間違いではなかったことを理解した。

「一体なんだったのだ……」

2人の背中が見えなくなったあと、トレンメル嬢の魂胆《こんたん》がよく分からずに、首を傾げながら教室へと急いだ。そして再びルイーゼ嬢を想う。明日もどこかで見かけられたら嬉しいのだが、と。


私は昨日起こった出来事を、友に話して聞かせた。

「……ということがあったのだ」

「マジか。あー、まあ、次から次にご愁傷《しゅうしょう》さまだ！　モテるのも考えものだな。ハハハ」

ギルベルトが暢気《のんき》に笑い飛ばした。こうやってまるで自分は関係ないというふうに笑っているが、ギルベルトに秋波を送っている令嬢はかなり多い。どうやら本人は全く気付いていないようだが。

騎士という職業がら、周囲の人間の気配には敏感なので、ギルベルトがどれだけ令嬢に人気があるのか大体把握している。令嬢たちも、なんというかまあ、気の毒なことだ。いくら秋波を送っても全く伝わっていないのだから。

「そうか、気付いていないのか。ギルベルト、君も相当鈍いな」

「うん？　何がだ？」

「いや、君も気を付けたほうがいい。令嬢たちは我々が思っているよりも遥かに強《したた》かだ」

「ああ、俺は大丈夫だ！　アルやローレンツほどモテないからな」

「……そうか。では何も言うまい」

ギルベルトも幼い頃からの馴染みの友だ。アルフォンスとギルベルトは幼い頃から共に時を過ごした仲間だ。オスカーは、いつもあとをついてくる弟みたいな存在だった。

べたべたしたつきあいではなかった。抱えている事情はそれぞれ違っていたが、心の痛みを慰め合うことは一切なかった。

友の事情を把握していなかったわけではない。ただ、何かを悩んでいるようでも、お互いに問いただすことはしなかった。話したければ聞くといった感じだ。一緒にいるだけで友の存在が励みになったのだ。これは私だけではないと思う。

ギルベルトが何かを思い出したように告げる。

「それじゃ、そろそろ行く。図書室で調べないといけないことがあるんだよ」

「ああ、極秘《ごくひ》で取り組んでいるという……。気を付けろよ」

「ありがとう。じゃあな」

心なしか、ギルベルトの様子がウキウキしていたように見える。もともと何かに没頭すると周りが見えなくなる性質ではあるが、魔法陣のことを考えて頬を染めるようになるとは。……もはや末期《まっき》だな。

私は去っていく友人の背中を見送った。

◇ギルベルトの受難

それにしても滑稽《こっけい》な女がいたものだ。名前は聞かなかったが、ローレンツにぶつかってきて、結局何がしたかったのだろうか。狡猾なのか馬鹿なのか。

俺は昨日ローレンツに聞いた変な女の話を思い出しながら、昼休みに図書室へと向かった。

幸いなことに図書室は空いていた。人がいないほうが静かで集中できる。まあ集中し出せば周囲の騒音など気にならなくなるが。

図書室の奥の棚に並ぶ、魔術大全の15巻を取り出して目的の記述を探す。

「氷の魔法陣、それに風の魔法陣……ここか。ふむふむ……」

ルイーゼの発案で作り始めた新しい魔道具は、「冷蔵庫」という仮称《かしょう》で呼ばれている。——冷やす箱。シンプルだが画期的だ。戦闘に関する魔道具、それに既存の生活用品に関する魔道具に携わったことはあるが、食べ物を冷やす魔道具など一度も考えたことがなかった。

もともと存在していなかった、生活に根差す魔道具の開発——いざ取りかかってみると、これほどまでに面白いものだとは思わなかった。

そして、魔法陣をよりシンプルにするための工夫。ルイーゼは魔法陣のことなど微塵も知らずに、よくあれだけのアイデアを出せるものだと感心した。

正直、これまでは貴族令嬢というものを小馬鹿にしていた。令嬢たちは何かというと恋愛だの結婚だのドレスだの宝石だのと、全く建設的な話に結びつかない。

別にその考えを否定するわけではないが、俺とは決定的に話が噛み合わないのだ。それなのにルイーゼは……。

「フッ。本当に面白い令嬢だ」

魔術大全のページを捲《めく》りながら内容の読解に専心する。今、頭の中には無数の魔法陣が展開している。これまでの経験と記憶、そして目の前の書物からの情報を、頭の中で整理して論理立てていく。

目的を果たすために、ただ馬鹿みたいに魔法陣を重ねていくのは誰にでもできる。だが無計画に複数重ねただけの魔法陣で魔道具を運用すれば、魔力コストが馬鹿高くなってしまう。だから素材で補《おぎな》えるものは補って、魔法で実行する範囲を縮小するという考えは画期的なものだった。

冷蔵庫の要《かなめ》は冷却だ。最初は氷魔法だけでいいと思っていたが、密閉空間に効率的に冷気を行き渡らせるには、風魔法も併用《へいよう》したほうがいいだろう。重ねた上で簡素化するか、新たに氷と風の魔法陣を構築するか——うーん、どちらがより効率的だろうか……。

「あのぉ、ギルベルトさま。私、モニカ・トレンメルといいます。どうしても分からないことがあって、お聞きしたいんですけど……」

「……」

「この円の面積の解き方なんですけどぉ」

「……」

なんか煩《うるさ》いな。小蝿《こばえ》でも飛んでいるのか？　だが別に構わない。小蝿ごときに俺の思考は邪魔されない。だが、急に俺の左腕に生温かいものが触れた。

「ギルベルトさま……？」

気付けば左隣にストロベリーブロンドの髪の見知らぬ少女が座って、俺の腕に体をくっつけていた。隣に座る許可を出した覚えはない。これだけ空いているのに、なぜ隣に座るのか分からない。

「…………なんだ、お前は」

「モニカ・トレンメルといいます。あの、この円の面積の解き方が分からないので教えていただけませんか？」

「今忙しいんだが？」

「そんな……」

グスッと紫紺の瞳を潤ませながら上目遣いをしてくる女を見て、可愛いと……全く思わない。俺の思考をぶった切るものは全て敵だ。

このくらいなら教えてやれなくもないが、このピンク頭が尋ねてきたのは、ルイーゼたちの学年の前回のテストの内容ではないか。……追試《ついし》ということか。

しかも内容を見てみれば、１つ下の学年で学習した内容の復習問題だ。それも至極簡単な基本問題だ。少し調べれば分かるような問題なのに、自分の頭で考えようともしないのか、このピンク頭は。さっさと教えて追い払うのが吉か。

「ここはまず直径を……」

一通り解説したが、このピンク頭は首を傾げながらも、俺の顔をうっとりとしたように見つめている。ちゃんと聞いているのか非常に怪しい。

「おい、聞いているのか……？」

「あっ、分かりましたぁ。ギルベルトさまって凄いんですねぇ！」

「……授業をちゃんと聞いていれば分かる問題だ。しかも1学年下の」

「ああん、頭のいい方って尊敬しちゃいますぅ」

「俺は頭の悪い女は嫌いだがな」

割とストレートに拒絶の意思を伝えているのだが、ピンク頭は怯む様子を見せない。この図太さだけは感服《かんぷく》する。そしてふと、先ほど聞いたローレンツの話を思い出す。

「そんなクールなところがまた素敵……。あの、次はこの歴史の問題なんですけどぉ」

「俺はさっき忙しいと言った。同じことを2回言わせるとはな」

よほど目の前の図々しい女の脳みそを凍らせてやろうかと思ったが、流石にそれはまずいだろう。さて、どうやって黙らせようか……。悩んでいたところで、今図書館に来たばかりのオスカーに声をかけられる。

「ギルベルトさん、お疲れさまです」

「おお、オスカーか」

「きゃっ、オスカーさま！　ラッキ……お会いできて嬉しいですぅ！　イベント再現成功ねっ」

ピンク頭がわけの分からないことを呟いている。存在自体が意味不明だからどうでもいいが。

オスカーが首を傾げながら尋ねてくる。

「ギルベルトさんは何をしているんです？」

「ああ、例のあれだ」

「ああ、あれですか」

「それはそうと、この女が煩くてかなわんのだが」

「あー……」

「えっ、なになに？」

ピンク頭が目をきらきらさせながら首を傾げた。

「オスカー、頼む……」

「いやいや、僕もテスト勉強をしたいので……」

「あ、じゃあ私、オスカーさまにも教えてもらいたいんですけどぉ」

「へ？」

「君、１学年下のオスカーに勉強を教えてもらうとは……」

もはや呆れてものも言えない。オスカーもあからさまに嫌そうな顔をしている。オスカーは俺と違って優しいから、いくらピンク頭が相手でも無下《むげ》に断ることはできないだろう。

……仕方がない。俺はピンク頭のほうを向いて、顎にそっと手を添える。

「えっ、えっ、ギルベルトさまったらこんなところで……。オスカーさまも見てますからぁ」

頬を染めながら目を逸らしてこちらを上目遣いでチラチラ見るピンク頭を、目を細めてじっと見つめる。ピンク頭はそんな俺を見て、なぜか目を閉じた。

そうか、わざわざ目を閉じてくれるとは。俺は遠慮なくピンク頭に睡眠《すいみん》魔法を使った。

――ゴトンッ

「グゥ……」

ピンク頭は机に強かに頭を打ちつけて突っ伏した。そんなピンク頭を見てオスカーが呆れたように呟く。

「あーあ、やっちゃった……」

「忙しいと言っているのに聞く耳を持たないからだ。当分は起きないだろうが、下校時刻までには目を覚ますだろう」

「下校時刻って、今から午後の授業があるのに？」

「この女は授業など一切聞いていないようだぞ？」

「ハハ……。ちょっと可哀想だけど仕方がありませんね。思考中のギルベルトさんの邪魔をするのがいかに無謀な行為か、これでよく分かったでしょう」

「……分からないんじゃないか？」

「……そうかもしれませんね」

ピンク頭が反省する類《たぐい》の人間だとは到底思えなくてそう発言すると、オスカーも同意した。

どうやらオスカーはピンク頭のことを前から知っていたらしい。

とにかく、机で眠り呆《ほう》けているピンク頭の隣で、調べ物を続けるのもどうかと思う。

「同類と思われるのは心外だから、席を移動して続きをやる」

「あ、じゃあ僕は別の席で調べ物をしますね」

席を立つときにちらりと見たところ、ピンク頭は非常に気持ちよさそうに眠っている。何かいい夢でも見ているのだろうか。口元がにやけている。頭の下に敷かれたノートに思い切り涎《よだれ》の染みを作っているが、自業自得だから仕方があるまい。

俺はオスカーと別れたあと、ようやく調べ物に没頭することができた。

翌日の昼休み、今日はピンク頭に邪魔されなければいいがと願いながら、再び図書室へ向かった。すると魔道具製作のメンバーであり、ルイーゼの友人であるリタ・シリングスと廊下でばったり会った。

「あれ、ギルベルト先輩」

「ああ、リタか」

偶然とはいえせっかくの機会だ。一度冷蔵庫の材質について詳しく聞いておいたほうがいいだろう。機構の設計にあたって、具体的にパイリアの樹脂の厚みがどのくらい必要なのかも聞いておきたい。

「時間があるなら、あのことでいくつか聞いておきたいことがあるんだが」

「ああ、あのことですね。分かりました」

リタとそんな会話をしていると、見知らぬ令嬢たちがリタを遠巻きに睨んでいるのに気付いた。普段はあまり周囲を気にしないが、リタに向けられた敵意を孕《はら》んだ複数の眼差しには流石に気付いた。

「おい……」

俺が令嬢たちにひと言忠告しようとしたところで、リタが俺の肩に片手を置いて首を左右に振り、制止する。

なぜ止めたのかが分からず戸惑っていると、リタはいつも結っている三つ編みの紐《ひも》を解いて、プラチナブロンドの腰までの長さの髪をはらりとほどいた。そして首を振って、令嬢たちに妖艶な笑みを向けた。

　するとそれを見た令嬢たちが、悔しそうに歯噛みして目を背けた。リタがもう興味はないとばかりに令嬢たちから目を逸らし、こちらを向いてフッと笑う。

「さあ、行きましょうか。ギルベルト先輩」

「……？　ああ。なあ、なぜ髪をほどいたんだ？」

「小蝿が煩かったので」

「小蝿？」

「ギルベルト先輩って、本当にご自分のことには鈍いですね。まあ私もですけど」

「どういうことだ？」

「ギルベルト先輩を遠くから見ることしかできない令嬢たちに、身のほどを知ってもらったんです」

「ふむ……？」

「まあ、大したことじゃありません。先輩とルイーゼのためです」

「なぜルイーゼが出てくるのだ？」

「……もういいです」

　俺はあまり女性の外見には興味がないが、リタが相当な美人だというのは分かる。リタは普段は無頓着《むとんちゃく》なようだが、恐らく己の美貌を自覚しているのだろう。令嬢から向けられた敵意に対して、自分の美貌を見せつけることで、無言のまま黙らせたといったところか。

確かに令嬢たちはリタの美貌を前に、尻尾を巻いて逃げ出したといった感じだった。よもや令嬢たちが俺を慕っているとは思わなかったが。

だがリタも大概《たいがい》だと思う。よく男子生徒がぼーっと頬を赤らめながら、リタを遠くから見つめているのに気付く。本人が気付いているのかいないのか分からないが。

リタは確かに美人だが、今俺が一番気になっているのはルイーゼだ。外見は派手だが、聡明で機転が利いて、相手の状況に配慮する思いやりがある。そして一緒に話していて楽しいし、癒される。

それにあのエメラルドグリーンの瞳は、じっと見ていると吸い込まれそうになる。まるで春の新緑のような柔らかな緑。

いつだったか思索に耽っていたときにふとルイーゼを見ると、穏かな眼差しで俺が答えを導き出すのをじっと静かに見守っていた。あの柔らかな緑の瞳を見たとき、胸を撃ち抜かれたような気がした。ルイーゼの側でなら、いくらでも自由に思考の海を泳ぐことができる気がする。

だがあのときは驚いた。リタが初めて会議に参加した日、アルフォンス――アルが突然現れてルイーゼを連れ去ってしまったのだ。アルとは古いつきあいだが、あれほど動揺しているのは見たことがない。初めて見る表情だったと言っても差し支えがないほどだ。

しかも慌てて走ってきたのか、肩が上下して息を切らしていた。懸命に隠そうとしていたようだが、表情には焦燥感が滲み出ていて、全く余裕が感じられなかった。

俺は恋愛だのには無関心だったが、今なら分かる。アルはルイーゼを好きなんじゃないか。

だが俺もルイーゼを連れていかれたときに、胸の中心が痛くなった。ルイーゼともっとゆっくり話せる時間が欲しくて、誘おうとしたところで邪魔をされたのだ。

「アルの奴……」

「え？」

「いや、すまん」

「先輩、早く行かないと時間がなくなっちゃいますよ」

「そうだな。それじゃ、資料室へ行くか」

「そうですね」

話し合いで図書室を使うのは憚《はばか》られる。図書室は基本的に私語厳禁だ。俺たちはそのまま資料室へと向かった。


運よく借りられた資料室で向かい合わせに座って、冷蔵庫の機構の設計についての綿密な打ち合わせを始めた。リタも俺も、魔道具に関係のない話題には一切触れない。初めて会ったときから感じていたが、俺たちは似た者同士だと思う。

だが今日は珍しく、昨日起こった出来事を話してみようと思った。

「そういえば昨日図書室で、変な女に調べ物を邪魔された」

「変な女？」

「ああ、ピンク色の頭の女だ。俺はどうもああいったクネクネ動く女が苦手だ」

「あー、モニカですか？」

「ああ、確かそういう名前だ。……ん、知ってるのか？」

「彼女は私たち製菓クラブの部員なんです、一応」

「一応？」

「一度も参加したことがない幽霊部員なんですよ。だから話したことはありません」

「ほお」

「あと、この間、2階の窓からルイーゼに汚水を浴びせたらしいです。物証《ぶっしょう》はないんですが、本人がほぼ自白したようなものだと聞きました」

「はあぁ!?」

――ルイーゼに汚水だと？　あの女、カエルにしてやればよかったか。

もしリタが言っていることが真実なら許せない。アルはこれを知っているのだろうか。ピンク頭にルイーゼが狙われているなら守ってやるべきじゃないのか。

「それで、どうしたんだ？」

「とりあえずルイーゼの弟君であるオスカーさまか、カミラ……うちのクラブの班長が、なるべくルイーゼの側にいることにしたそうです」

「そうか、それならいいが。だがピンク頭の目的はなんだ？」

「カミラの話じゃ、恐らく王太子殿下絡みの嫌がらせじゃないかと」

「ルイーゼがなぜアル……アルフォンス殿下絡みで恨まれなければならんのだ？」

「うーん……」

「うーん……」

駄目だ。恋愛スキルの低い俺がいくら考えても答えは出ない。どうやらリタも同じらしい。

「あれじゃないですか？　モニカがギルベルト先輩に絡んできたということは、先輩も一枚噛んでるんじゃないですか？」

「俺が？」

リタが大きく頷く。

「ええ。さっきの令嬢たちと同じですよ。自分が気に入られたいのに、その相手が別の女性を気に入っているので嫉妬した。つまり王太子殿下やギルベルト先輩に気に入られているルイーゼが、モニカの攻撃対象となったわけです」

「俺が気に入ってる……？」

「ええ、ルイーゼのことを気に入ってるでしょう？」

「なっ、なっ、そんなことは、ないぞ！」

「はいはい」

リタが肩を竦めながら苦笑した。

――くそ、なんなんだ。その「なんでも分かってます」みたいな顔は。負けた気分がして無性に悔しいぞ。いや、確かにルイーゼのことはかなり気に入っているが、どうしてこいつにばれてるんだ？

「ギルベルト先輩は分かりやすいんですよ。私と先輩は似てるけど、考えてることがまる分かりになっちゃうところが似てないですね。私は何を考えているか分からないとよく言われますから」

「ぐっ……」

俺はそれ以上反論できなかった。リタはニヤリと笑って俺を見る。

今度リタの想い人を突き止めたら、絶対に揶揄《からか》ってやる。そして言ってやるんだ。顔に好きだと書いてあるぞと。

「なんかろくでもないことを考えているようですね。さあ、話し合いを再開しますよ」

「う、うむ」

なんだかいいように転がされているような気がしないでもないが、今日の話し合いによって冷蔵庫の完成が大幅に近づいた。あとはなるべく魔力コストが低くて効率のいい魔法陣を開発しないといけない。俺の本領《ほんりょう》を発揮《はっき》するべきところだ。

まだまだやることは山積みだが楽しい。できることならまた3人で、いや、ルイーゼと2人でゆっくり話したい。ルイーゼの発想を知りたい。ルイーゼの思考の海を泳いでみたい。

気付いたら俺の頭の中は、ルイーゼで埋め尽くされていた。

あとがき

読者の皆さま、はじめまして。春野こももと申します。

この度は『嫌われたいの　～好色王の妃を全力で回避します～』を手に取ってお読みいただき、ありがとうございます。

本作を書き始めたきっかけは、女性に囲まれてうんざりするヒーローと、そんなヒーローに選ばれたくないがために、あえて肉食女子に扮する主人公のお話が読みたいなと思ったことです。

女性に囲まれてうんざりするヒーローはやっぱり王子さまがいいよねとか、ヒーローに選ばれたくないのに近付かないといけないなら婚約者候補かなとか、整合性を取っていった末に出来上がったのがこの物語です。

「どうして選ばれたくないの？」という理由で考えついたのが、冒頭のプロローグのお話です。全体的に明るいお話ですが、ルイーゼの行動の強い動機のためにはあの暗い未来が必要でした。あの可哀想なもう1人のルイーゼのお話は、乙女ゲームのエンディング後の未来の1つです。

頭がアルフォンス殿下のことでいっぱいだったルイーゼは、前世の記憶が蘇ったことで、恋愛以外のこと——自分の中の「楽しいこと」に向き合って、友人や家族との絆を深めていきます。そんな中で、個性的な登場人物たちと出会って親睦を深めたり、ときに反目し合ったりと忙しい毎日を送ります。

そんなルイーゼを想像して、読者さまが少しでもクスッと笑ってくださったら本当に嬉しいです。

ルイーゼと一緒に理不尽な所業に腹を立てたり、格好いい登場人物にときめいたり、ルイーゼの作るお菓子を想像してお腹を空かせたり……。私もお菓子を作ってみようかしら、などと思い立っていただけたら、もう最高に幸せです。

最後に、この『嫌われたいの　～好色王の妃を全力で回避します～』を手に取って読んでいただいた皆様に、最大級の感謝を捧げます。

２０２０年１月　春野こもも

SPECIAL THANKS

「嫌われたいの　～好色王の妃を全力で回避します～」は、コンテンツポータルサイト「ツギクル」などで多くの方に応援いただいております。感謝の意を込めて、一部の方のユーザー名をご紹介いたします。

チビタマママ　　きよちゃん

ねこキック　　会員～

じゅり　　雲と空

ラノベの王女様

ゆな。　　ちかえ

ツギクルAI分析結果

「嫌われたいの　～好色王の妃を全力で回避します～」のジャンル構成は、恋愛に続いて、ファンタジー、歴史・時代、SF、ホラー、ミステリー、青春、現代文学の順番に要素が多い結果となりました。

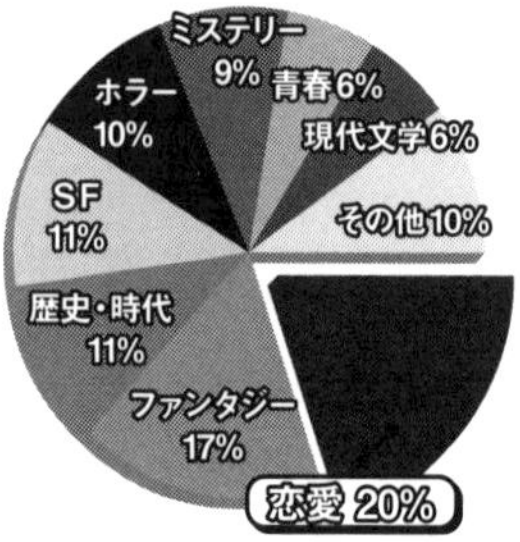

期間限定SS配信

「嫌われたいの　～好色王の妃を全力で回避します～」

右記のQRコードを読み込むと、「嫌われたいの　～好色王の妃を全力で回避します～」のスペシャルストーリーを楽しむことができます。ぜひアクセスしてください。
キャンペーン期間は2020年8月10日までとなっております。

平凡な現地人、
女神（猫）の加護で転生者に抗え！
著／どまどま
イラスト／満水
転生者じゃなく、平凡な現地人ですが……
女神の加護をもらっちゃいました！
アシュリー・エフォートは平凡な男だった。
いつかは魔神を倒して人々を助けたい——そんな夢を抱いていたある日、
転生の儀式で勇者の攻撃によって右手を負傷する。
勇者の方が大切な国は、まったく落ち度のないアシュリーに難癖をつけて追放。
「俺だって強くなりたいのに……ずっと頑張ってたのに……ひどすぎる……」
「では、強くしてやろうか？」
ひとり泣いているところに見知らぬ少女が現れ、
アシュリーは運命の扉を開けることになる——。
本体価格1,200円＋税　ISBN978-4-8156-0568-1
ツギクルブックス
https://books.tugikuru.jp/

追放悪役令嬢の旦那様
著／古森きり
イラスト／ゆき哉
謎持ち悪役令嬢
第4回ツギクル小説大賞
大賞受賞作
規格外の旦那様と辺境ライフはじめます!!!
卒業パーティーで王太子アレファルドは、
自身の婚約者であるエラーナを突き飛ばす。
その場で婚約破棄された彼女へ手を差し伸べたのが運の尽き。
翌日には彼女と共に国外追放＆諸事情により交際0日結婚。
追放先の隣国で、のんびり牧場スローライフ！
……と、思ったけれど、どうやら彼女はちょっと変わった裏事情持ちらしい。
これは、そんな彼女の夫になった、ちょっと不運で最高に幸福な俺の話。
マンガPark
「マンガPark」（白泉社）で
©HAKUSENSHA
コミカライズ
企画進行中！
本体価格1,200円＋税
ISBN978-4-8156-0356-4
ツギクルブックス
https://books.tugikuru.jp/

僕のかわいい娘は双子の賢者
～特技がデバフの底辺黒魔導士、育てた双子の娘がSランクの大賢者になってしまう～
著／メソポ・たみあ
イラスト／torino
マンガボックスにて
©DeNA
コミカライズ企画進行中！
双子の娘と一緒にほのぼの冒険に行ってきま～す!!
底辺黒魔導士のエルカンは、攻撃魔法の才能がないことを理由に
冒険者パーティから追放されてしまう。
途方に暮れて夜の街中を歩いていると、捨てられた双子の赤ん坊に気づき、
「立派な黒魔術師にはなれなかったけど、この子たちくらいは幸せにしてやりたい」
と冒険者を引退し、彼女たちの面倒をみることに。
その後、立派に育った双子は一人前の女性となり、父の下から巣立って──いかなかった！
「お父様、私たちSランクの【賢者】になりましたの♪」
「だからパパ、アタシたちと一緒にパーティ組も！」
いつの間にか、セレーナとコロナは【伝説の双子の大賢者】と呼ばれるようになっていた。
黒魔導士に憧れた父と、生ける伝説と呼ばれる双子の新たな冒険が始まる！
本体価格1,200円＋税
ISBN978-4-8156-0358-8
ツギクルブックス
https://books.tugikuru.jp/

ある日、世界はお伽話やゲームに登場するモンスターたちで溢れ返った。
そんなことにも気付かず趣味のゲームを満喫していたサラリーマン佐藤秀一は、買い出しに出かけようとアパートの部屋を出ると、突然目の前に棍棒を持ったゴブリンが出現。なんとか撃退した佐藤は、「無限収納」「ドロップ率アップ」「モンスター図鑑」という３つのスキルを手に入れる。
モンスター図鑑には倒したモンスターの情報、ドロップしたアイテムが登録される。
佐藤は思った。図鑑をコンプリートしなければ、と。

ゲーム好きのサラリーマンがモンスター図鑑をコンプリートしていく
現代ファンタジー、いま開幕！

本体価格1,200円＋税　ISBN978-4-8156-0354-0

ツギクルブックス　https://books.tugikuru.jp/

ハズレポーションが醤油だったので料理することにしました
1~4
著／富士とまと
イラスト／村上ゆいち
コミック1~2巻、好評発売中！
専業主婦が
異世界の料理を変える、
ゆるゆるファンタジー

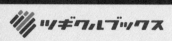

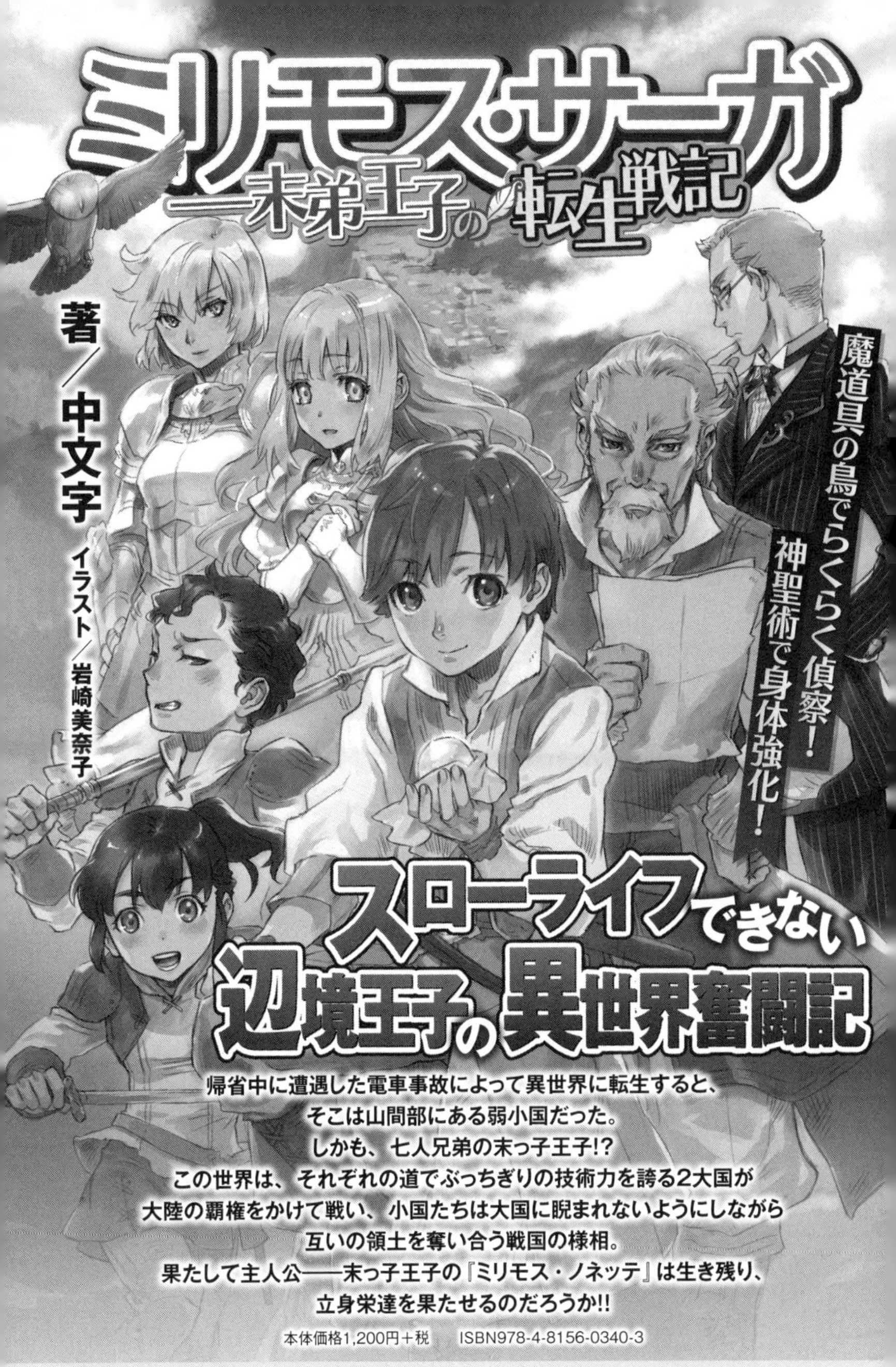
ミリモス・サーガ
―末弟王子の転生戦記
著／中文字
イラスト／岩崎美奈子
魔道具の鳥でらくらく偵察！
神聖術で身体強化！
スローライフできない
辺境王子の異世界奮闘記
帰省中に遭遇した電車事故によって異世界に転生すると、
そこは山間部にある弱小国だった。
しかも、七人兄弟の末っ子王子!?
この世界は、それぞれの道でぶっちぎりの技術力を誇る2大国が
大陸の覇権をかけて戦い、小国たちは大国に睨まれないようにしながら
互いの領土を奪い合う戦国の様相。
果たして主人公――末っ子王子の『ミリモス・ノネッテ』は生き残り、
立身栄達を果たせるのだろうか!!
本体価格1,200円＋税　ISBN978-4-8156-0340-3

平和な日本で高校に通っていた兎束雪一は、学校の休み時間、
突然、異世界の戦士としてクラス召喚に巻き込まれてしまう。
召喚された異世界では、世界の危機を救う戦士になるなら
生活の保障をすると約束されるが、異例の好待遇を
不思議に思う兎束。クラスメイトの言動と、
ときおり頭の中に聞こえる謎の声によって、
城での生活を捨てて冒険者への道を選択したのだった。

神のイタズラに翻弄される謎解き異世界召喚ファンタジー、いま開幕！

本体価格1,200円＋税　ISBN978-4-8156-0205-5

身体は児童、中身はおっさんの
成り上がり冒険記
Karada wa Kodomo Nakami wa Ossan no
Nariagari Bo-kenki
1～2
著●力水
イラスト●みっつばー
魔法があふれる異世界で、
科学が拓く新世界!!
コミカライズ
企画進行中
貧乏貴族の三男に
転生したおっさんの
異世界成り上がりファンタジー
謎のおっさん、相模白部(さがみしらべ)は、突如、異世界の貧乏貴族
ミラード家の三男、グレイ・ミラード(8歳)に転生した。ミラード領は
外道な義母によって圧政をしいられており、没落の一途をたどっていた。
家族からも疎まれる存在であったグレイは、親の監護権が失効する
13歳には家を出ていこうと決意。自立に向けて、
転生時にもらった特別ボーナス「魔法の設計図」
「円環領域」「万能アイテムボックス」「万能転移」と
転生前の技術の知識を駆使して
ひたすら自己研磨を積むが、その非常識な力は
やがて異世界を大きく変えていくことに……。
本体価格1,200円＋税　ISBN978-4-8156-0203-1
ツギクルブックス
https://books.tugikuru.jp/

ツギクルブックス

愛読者アンケートに回答してカバーイラストをダウンロード！


愛読者アンケートや本書に関するご意見、春野こもも先生、雪子先生へのファンレターは、下記のURLまたは右のQRコードよりアクセスしてください。

アンケートにご回答いただくとカバーイラストの画像データがダウンロードできますので、壁紙などでご使用ください。

https://books.tugikuru.jp/q/202002/kirawaretaino.html

嫌《きら》われたいの　～好色王《こうしょくおう》の妃《きさき》を全力《ぜんりょく》で回避《かいひ》します～

2020年2月25日　初版第1刷発行

著者　春野《はるの》こもも

発行人　宇草 亮
発行所　ツギクル株式会社
〒106-0032　東京都港区六本木2-4-5
TEL 03-5549-1184
発売元　SBクリエイティブ株式会社
〒106-0032　東京都港区六本木2-4-5
TEL 03-5549-1201

イラスト　雪子
装丁　株式会社エストール

印刷・製本　中央精版印刷株式会社

ISBN978-4-8156-0569-8
Printed in Japan